悄 悄

FLORET

READING

晏生/著

贵州出版集团
贵州人民出版社

|小花阅读|

【一生一遇】系列第二季

《春风拂我》

笙歌 / 著

标签：一不小心就成了网红 / 迷妹与男神 / 互撩日常 / 甜暖童话

有爱内容简读：

"我昨天说的话，你考虑好了吗？"

南森牢牢地抓住夏未来的手，好像是不让她再有落跑的可能性。

他脸上看似一派轻松，可夏未来无比清楚地知道他有多紧张，从他不同往日的拘谨声线，被握住的手心里微微泛起的汗意，以及他现在凝视自己的眼神。

没来由地，她就知道他所有细微举动中蕴藏着的含义。

突然，夏未来一直悬在半空，不得安宁的心轻松了起来。她纠结了很久的事情也终于有了答案。

她点头，刚想开口说什么就被南森抱了个满怀。

他埋在夏未来的肩颈处，呼出的热气一扇一扇地扑在她露在空气中的肌肤上，仿佛一片羽毛划过心间，让她全身都战栗起来。

"你答应了吗？夏未来。"

《美好如你》

狸子小姐 / 著

标签: 毒舌超能男神 / 初次心动对象 / 乌龙相亲 / 命中注定

有爱内容简读:

关卿看着何霜繁在认真开车的样子，心里莫名一软，原来他爱自己，就像自己爱他一样，想到何霜繁以后就只是一个单纯的人类了，关卿忽然义正词严地保证道:"何霜繁，我保证以后一定会好好照顾自己。"

"嗯。"

"那你也不能够再以任何理由拒绝我，或者不理我。"

"嗯。"

"那你会接我下班吗?"

"嗯。"

"那……"

"关卿，我们结婚吧。"

"什么!?"

"嗯，明天就去。"

《四海为他》

打伞的蘑菇 / 著

标签: 悬疑虐恋 / 深情守护 / 仇人与爱人 / 是软肋更是铠甲

有爱内容简读:

胡樾一个用力，将她带入水中。

那时候余海璇还不会游泳，在水里扑腾着，明明觉得自己快要被淹死了，可嘴里还不断地咒骂着胡樾的丧心病狂。

也许是因为胡樾始终在旁边，余海璇也不知道自己怎么就那样学会了游泳，至少自己不会被淹死了。

她紧紧地抓着胡樾的胳膊，心有余悸:"胡樾，你是想让我溺死吗?"

胡樾微微搂着她，带着她往岸边划去，状似无意地嗯了声:"如果你想的话，宠溺的溺倒也可以考虑。"

"不一样?"

"一个是我，一个是有我的海，要么溺死在我心里，要么溺死在我怀里。"

《鱼在水里唱着歌》

鹿拾尔 / 著

标签: 暗戳戳 vs 易炸毛 / 谈恋爱不如破案 / 一言不合就虐狗 / 这很甜宠

有爱内容简读:

思及至此,池川白蓦然轻笑一声,细碎的黑发湿漉漉地粘在他的额角,衬得他的眼睛更加漆黑而深邃。

"我想说。"他望着鱼歌慢慢说,"我想陪你看星星看月亮看太阳,走遍世界的每一处角落,看遍世界的每一处风景……但是,我更想告诉你的是,于我而言,最美的风景是你。"

"你曾问我喜不喜欢你,我仔细想过了,不,不该是喜欢。"池川白定定地望着眼前这个笑得狡黠而得意的小女人,他的嗓音低沉舒缓,"应该是我爱你。"

声音隔着细密的雨点声,轻轻柔柔地落在她耳郭。

"我爱你鱼歌。"

《悄悄》

晏生 / 著

标签: 偶遇与重逢 / 催眠术和失眠症是完美的一对 / 并肩同行的爱情

有爱内容简读:

陆城遇没有上车,蹲下来,对叶悄说:"我背你回家吧。"

叶悄虽然想四脚离地,一把扑上去,可她没胆儿:"我不敢,你身体还没恢复,万一被我压成了重伤,我到哪儿告状去?"

这时候,陆城遇在她心里俨然就是个一碰就碎的花瓶,光看看就很满意了。

叶悄死活不肯趴上去,但又不忍心看陆城遇一脸郁闷的神情,突然灵光乍现,这次换她蹲下来大喊:"快来! 快来! 我背你!"

陆城遇顿时就被逗笑了。

这姑娘,真是越来越二了。

他把她从地上拉起来,手指一根根扣在一起:"算了,我们还是一起走吧,这样比较靠谱。"

这叫执子之手,与子偕老。

作者前言 | 我来讲个蓝色调的童话

　　最近在单曲循环《时光倒流二十年》，买了一打彩色的钻石笔用来涂鸦，喜欢上酸菜鱼汤，洗完澡出来就坐在地上吃西瓜，吃完再去吹头发。

　　楼上有时候会传来鼓声和吉他声，凝神认真去听，又好像没了动静，我怀疑楼上是不是住了一支神秘的乐队。

　　耳机一塞，又是陈奕迅在唱歌，真好听啊！

写文的时候，也常这样，只听一首歌。这次我写了个调香师和建筑师的故事，那个建筑师还有点厉害——天然催眠体，他叫陆城遇。

在文里，叶悄遇见陆城遇时，几乎一无所有。

她没有好的家庭，没有能够在深夜说得上话的知己好友，内心居无定所，孤身一人留在荣城。有一份在外人看来颇为神秘的职业，领一份尚且还过得去的工资，日复一日地过生活，有种冷静自持的麻木。

直到陆城遇出现。

他和她曾在少年时代有过一面之缘，陆城遇曾对她说："我送你一场美梦。"多年以后重逢，他仍然能在人海中准确无误地抓住她的手。

陆城遇治愈她的失眠，给她独一无二的爱情、缺失多年的亲情，还有友情。他说，他想担任她世界里的所有角色。

叶悄一生，因此而圆满。

后来写着写着，我开始觉得这像是个童话故事了，蓝色调的。更何况，常年失眠的人，遇见天生的催眠者，这种契合本身就带有童话色彩。

好像，他和她注定天生一对。

《悄悄》这个故事跨越了三个月份，耗时太长。中间因为各种事情耽搁，导致一拖再拖，终于写完的时候，好像完成了一次异常艰难的长途跋涉。我想瘫在床上做条咸鱼，再也不动了。

在这期间，伞已经一马当先地完成了《四海为他》，琳达的《美好如你》也按期完工，我感觉自己满头大汗地跟在后面追，才堪堪赶上，终于和她们搭上了同一班车。

嗯，希望这种事情以后不要再发生了。

现在已经八月中旬，不久之后我跟琳达还有伞，即将开始同居生活。wuli 璇依旧住在她的广寒宫里，当然，双方随时可以进行会晤。听说伞的厨艺不错，希望到时候我们不会因为抢食而打起来。

再过几天，就是处暑。等到夏天慢慢过去，一年中我最喜欢的时光就要来了。

期待以后的日子。

晏生

2016.08.18

目录

QIAOQIAO

001 — **Section 01**
- 如何拯救失眠者?
- 看着我的眼睛。

010 — **Section 02**
- 你是魔术师吗?
- 不是, 但或许我有魔术师的天分。

026 — **Section 03**
- 干杯! 分手快乐!
- Cheers! 分手快乐!

036 — **Section 04**
- 今晚能否做我的女伴?
- ……

053 — **Section 05**
- 撒谎精小姐, 我们要不要见一面?

066 — **Section 06**
- 你可不可以做我女朋友?

075 — **Section 07**
- 你想要我怎么报答?
- 我想和你睡觉。

089 — **Section 08**
- 有我好看吗?
- 全世界你最好看。

103 — **Section 09**
- 真狡诈啊……
- 这叫智慧。

116 — **Section 10**
- 胡说, 我双商爆表, 情商尤其高!

127 — **Section 11**
- 你继续忙吧, 我就不打扰你们了。
- 我已经被你严重地打扰到了!

141 — **Section 12**
- 悄悄, 你可以试着依靠我。

目录

QIAOQIAO

156 — **Section 13**

- 除了你，还会有谁心怀
不轨地跳进来?
- 我确实惦记你很久了

166 — **Section 14**

- 下次你想喝什么酒我都
给你酿出来。

174 — **Section 15**

- 不要怕,悄悄,这次不同了。

192 — **Section 16**

- 管饱吗?
- 管一辈子。

203 — **Section 17**

- 你不能再等等我吗?

213 — **Section 18**

- 不管怎样,我都会陪着你
一路走下去。

223 — **Section 19**

- 但愿,只是我们想多了……

232 — **Section 20**

- 城遇,我发现陆卓元的阴谋了!

241 — **Section 21**

- 那些东西都是不属于你的!

251 — **Section 22**

- 陆城遇,我爱你。

261 — **番外一**

- 出差这件小事儿

268 — **番外二**

- 一晴方觉夏深

Section 01 —
- 如何拯救失眠者?
- 看着我的眼睛。

01. 你的眼睛能使人入睡吗?

黎洲市。

齐光中学。

叶悄握着笔,手肘压在散发着浓厚的油墨味的试卷上,最后一道函数解析题的思路被卡住。广播里响起铃声,她画掉原来烦琐的答案,碰运气似的随手写下一个 "1"。

这堂晚自习突如其来的数学测试让教室炸开了锅,结束后各种对答案的声音在耳边飘荡,吵得不可开交。

叶悄把课本往书包里一塞,草草收拾完东西,往教室门外走,却在走廊上被隔壁班的同学拉了一把："喂，叶悄，你卷子做完了没？"

"差不多。"

"不是吧！你也太变态了吧！今天题量这么大，你也能全部搞定啊……"

"学霸简直不是人！"旁边还有别的声音附和。

叶悄作势踢了那人一脚："滚！别在这儿捣乱。"

"是……"对方拱手作揖，让出条道，捏着嗓子阴阳怪调，"您请走，请您走好……"

叶悄脸上挂着笑，肤色苍白，微微上挑的眼尾看上去总显得有些倨傲而漂亮。

走到校门口的时候，她顺手把蓝白色的校服外套脱下来，飞快地穿过人行道，去马路对面赶下一趟公交车。被香樟覆盖的偌大校园在夜色中归于沉寂，渐渐被抛在了身后。

十点整到达小区门口。

半个小时喂野猫，半个小时溜达，叶悄成功挨到十一点。叶家的一间卧室终于熄灯，窗户口变成漆黑一片。

叶悄坐在花坛里的一颗高大的圆石上，双手一撑，跳了下来。她拎起书包，动作很轻地闪进旁边的楼道里。

开门和关门的动作被刻意地训练久了，已经完全消声，熟练到不会发出一丁点儿动静。然后是换鞋，叶悄小心翼翼。

头顶的白炽灯突兀地亮起，一瞬间，叶悄被暴露在强烈的灯光下。

叶母穿着黑色睡衣幽灵一样站在房门口。

"妈……"

一秒钟的慌乱之后，叶悄已经恢复镇静，若无其事地继续解开帆布鞋的鞋带："没什么事的话，我先回房间休息了，你也早点睡。"

"站住！"

叶悄脚步一僵。

空气似乎一点就燃，搅动着不安。

"你还能睡得着觉！你弟弟到现在还没有一点消息，是生是死都不知道，你到底有没有良心！"

每年春末夏初的这段时间，就像固定的洪涝爆发一样，责难和争吵总是席卷而来让叶悄避无可避。年复一年，伤疤被无数次揭开，痛感在无声无息的时间中变得麻木起来。叶悄从没想过要抵抗，直接卸甲投降。

她那漆黑的双眼望着抓狂的母亲，如有星辰遥遥坠落："那么，妈，你到底想我怎么样呢？"

这样的认错和妥协，丝毫没有将叶母的怒火熄灭，反而越演越烈。

"我去死好不好？给小尚偿命……"她冷森森的语气，让人听不出她是否只是在说气话。

"好啊！你去啊！你现在就去死！"叶母冲她咆哮。

在情况变得一发不可收拾之前，叶父出来救场，把叶悄往房间一推，低声叮嘱她："小悄你别太在意，你妈妈最近精神不太好……"房门被迅速合上，仿佛背后有张牙舞爪的噬人怪物。

母亲大声的哭泣和咒骂被隔绝在门外。

叶悄笔直地扑倒在床铺上，鼻尖充满了陈年旧棉花的味道。她把整张脸狠狠地埋进去，与空气隔绝，渐渐感觉到窒息。

直到最后一秒，她才翻过身，像沙滩上濒死的鱼一样大口大口地呼吸。

墙上的石英钟嘀嗒嘀嗒地走着，到了下半夜，她依旧睁大眼睛无法入眠，眼泪一直没有流出来，早就干涸在眼眶里。

叶母毫不知情，这是叶悄间接性失眠的第七年。

她确实已经睡不着了，在叶尚失踪以后。

这个家庭中的每一员，都处在崩溃的边缘。白天各自戴上面具正常地生活，每当夜幕降临，卸下伪装回到这个坟墓一般的家庭，就会露出溃烂至千疮百孔的灵魂。

叶悄从床上坐起，打开电脑，登录"旧海论坛"的账号。

旧海论坛是一个五花八门的小网站，叶悄常常混迹其中，用来打发无聊的时间。她突然看见自己几个月前发的一篇名为《如何拯救失眠者》的帖子有了新的回复。

网友陆三："看着我的眼睛。"

"看着你的眼睛？"叶悄扯了一下嘴角，难不成你是催眠大师吗？

大概只是无聊的人在乱开玩笑罢了。

兴许因为夜晚太难熬过去，她想找点事情转移注意力，点开对话框，给对方发了私信过去。

悄无声息："按你的意思，你的眼睛能够催眠，使人入睡吗？"

陆三："可以。"

悄无声息："那动物呢？"

陆三："也可以。"

悄无声息："催眠自己呢？"

陆三："不行。"

悄无声息："听起来好像很好玩……那么，你能不能帮我？"

最后一条消息发出去以后，叶悄半个小时都没有等到回复。她靠在椅背上，喃喃自语道："果然是骗人的啊……"

真可笑，竟然有那么一瞬间差点真的相信了对方所说的。

天色已经微亮，东边的云层变幻成浅浅的湖蓝色。外边的树梢上响起叽叽喳喳的鸟鸣，楼道里传来打开铁门的声音，有一对老夫妻准备去附近的公园健身。

叶悄退出登录。

洗漱之后，她提着书包，对着空荡的客厅象征性地喊了一句："我去学校了……"然后也不管有没有人回应，就匆匆出门。

在街角的小摊上买了烧饼和豆浆，又开启新的一天。

和以往的任何一天，没有什么不同。

02. 看吧，我可没有撒谎。

荣城。

芙蕖山下了一整夜的雨，屹立在山间的小河寺被细密的雨帘包围着，寂静又喧哗。陆城遇拿着手机一直走到西南边的殿堂附近，才成功找回信号。

他登录旧海论坛闲逛的时候，看见之前网友"悄无声息"发的一篇帖子——《如何拯救失眠者》，回复者寥寥，几乎就快要沉下去。

"我就可以啊……"陆城遇自言自语地说。不知道出于何种心态，给了对方一个听上去并不可靠的回复：

——"看着我的眼睛。"

私信一来二往，陆城遇跳坐到旁边的窗台上，半靠着窗框，居然还真就这样和网友"悄无声息"聊了起来。

"喵……"

"喵……"

前院看庙人养的老猫从长廊外蹿了进来，一对幽蓝的圆眼睛紧紧盯着陆城遇，仿佛暗夜里巡逻的侍卫发现了敌情，嘴巴一张一合，发出警报。

"嘘——"陆城遇朝它比了个手势，"安静一点！"

老猫似乎和他的饲主一样铁面无私，成心要揭发眼前这个破坏规矩、深夜跑出来上网的少年，叫得一声比一声响亮。

再这样下去，迟早要招惹来小河寺里守夜的人。

陆城遇笑了一声，从窗台上跳下来和老猫对峙，老猫尖尖的白牙从他的虎口上擦过，差点划破皮肤。距离还差两毫米时，被陆城遇敏捷地躲开。

"嘿，这可是你逼我的。

"好好睡一觉吧。"

屋檐下悬挂的灯盏发出橙黄的微光，映在他墨色的瞳仁里。

只是几秒钟的时间，先前那只威风凛凛的黑猫已经温顺地趴在地上，安静地睡着。若是有旁人围观，一定会觉得眼前发生的一切不可思议。

身形高挑的少年只是弯下腰来，与猫对视了几眼，它就立即进入了睡眠状态。

陆城遇蹲下来，摸了摸猫的脑袋："看吧，我可没有撒谎。"

陆城遇解决完前来巡逻的黑猫警长，重新划亮手机屏幕，网友"悄无声息"又给他抛了一个问题。

"……那么，你能不能帮我？"

陆城遇犹豫了，网络对面那个宣称自己已经间接性失眠七年之久的女生，是在无中生有，只为博得关注，还是真的确有其事？

她的个人信息上显示为十七岁，照年龄推算，岂不是从十岁就开始失眠？

　　但这如果是真的，她身上又究竟发生了什么？

　　陆城遇点开对话框，正准备回复，眼前飘过一个幽灵似的人影。兴许因为夜深春寒，晚间温度低，那人瑟缩起身体佝偻着背，显得很萧条。

　　陆城遇认出他的脸。

　　"方木深……"

　　那个叫方木深的男孩子转过头来，侧颈细而白，有种轻易就会被折断的错觉。过长的黑发遮住了眼睛和大半张毫无血色的脸，像因为过早丧失掉体内养分而枯萎的植物，浑身上下透出一股灰败的死寂。

　　"你这是一整晚没回屋里睡？"陆城遇问道。

　　方木深出来的方向是柴火房那边，就算他不说，陆城遇也猜出了个大概。应该是又被同学恶作剧，锁在里面，熬到现在才逃出来。

　　"每次都这样，果然是软柿子任凭人捏……"

　　陆城遇说着事不关己的风凉话。

　　方木深始终沉默着，如同梦游的人，沉浸在自己的世界中，与外面的世界彻底地隔绝，对陆城遇的话置若罔闻。

　　看着他又无声无息地消失在长廊上，陆城遇愣神了好一会儿，心中一阵烦躁，再掏出手机来时，回复网友的热情已经消退。

　　陆城遇站在回字形的游廊上，眼前一角逼仄的灰蒙蒙的天空逐渐泛白，雨声消匿。

天又快亮了。

再过十来分钟，就会有钟声响起，宿舍中会有一群青葱的面孔稀稀疏疏地从屋子里走出来，穿过庭院，去后方的教室里开始一天的美术课程。

荣城人都知道，芙蕖山上的小河寺，前身是座文庙。后来被当地的富商陆续扩建三次，又修缮了两次，渐渐衍变成一座小规模的美术学校。

山中清静，常年云雾缭绕，犹如仙境，与世隔绝。

这里邀请来了最好的美术大师和各科文化老师。富商们把自己的孩子送上山学画，望子成龙，望女成凤。期望着他们闭关几年之后下山，一个个脱胎换骨，变成黄公望和张择端，变成站在人生顶峰、意气风发的大人物。

前院庙堂暮鼓晨钟，檀香袅袅，从木窗中飘荡出来。

他们每天在这里进行超过十二个小时的高强度训练和学习，长年累月，仿佛无休无止，让人渐渐分不清眼前的一切是不是年少时的一场光怪陆离的梦境。

Section 02 ─────────

– 你是魔术师吗?

– 不是，但或许我有魔术师的天分。

01. 撒谎精小姐与骗子先生

"你是魔术师吗？"

"或许我还真有这个天分。"

"今天是我十七岁的生日，但是截止到今晚九点四十七分，好像还没有人过来祝我生日快乐。"

"那……祝你生日快乐！"

"谢谢。"

"你十七岁的生日愿望是什么？"

"睡足十二个小时的安稳觉。"

"祝你愿望成真——撒谎精小姐。"

"借你吉言——骗子先生。"

宣称失眠七年的女孩和扬言自己拥有催眠能力的少年，给彼此冠上了"撒谎精小姐"和"骗子先生"的称谓。

他们都不太相信对方所说的，依旧混迹于旧海论坛，偶尔相互调侃，在深夜里对话。

手指寂静地敲打在键盘上，电脑屏幕露出的冷光，映照着叶悄的脸庞。靠窗的书桌上压着一张薄薄的为期一个月的请假条。

日期从明天开始。

客厅里传来窸窸窣窣的响声，是父母在打包东西、收拾行李的声音。明天一早，他们一家三口就要出发，从黎洲机场飞往加德满都，开启每年雷打不动的寻人计划。即便每次都满载失望而归，但到了第二年春末，他们依然不会放弃。

而叶悄已经分不清楚，每个人心知肚明全无希望，却依旧固执像履行某项仪式一样的加都之行，是不是最后一根维系着这个家庭，使之不会分崩离析的脆弱缰绳。

"咚咚咚！"

叶父敲门进来，问道："小悄，你自己的东西收拾好了吗？"

叶悄拍拍旁边瘪瘪的书包，说："东西不多，都在这里了。"

叶父仿佛斟酌了许久，到最后说出口的不过是异常艰涩而简短的几个字："别怪你妈妈……"

流畅的打字动作一顿,叶悄再抬头时,笑得一脸无所谓:"我不会啊。"

"自从小尚丢了之后,她就……"

"爸,别说了,我都知道。"她眼也不眨地撒谎,"我现在很困了,今天想早点睡,出去麻烦替我把门带上。"

"晚安,爸爸。"

电脑上的对话框还挂在正中央,对方的头像已经变成灰色,叶悄在下线之前敲出一行字发送出去:

——骗子先生,真想看一看你的眼睛,从此沉睡不醒。

02.“你要不要跟我一起走?”

荣城。

教室墙上的摆钟一圈一圈地走,偌大的教室里坐着十七个学生,一齐埋头紧张地答卷。陆城遇猝然停了手中的笔,看着窗外愣神。

脑子里的那根弦突然断裂般,他从座位上站起来。

讲台上的老师神色惊讶:"陆城遇,你要去哪里?"

他说:"不考了。"

老师还没来得及用"打电话叫家长"这句话来威胁,就听陆城遇说:"我先回宿舍收拾东西,我要下山。"

除他之外的十六张青葱脸庞纷纷抬头望向他,有的羡慕,有的不屑,有的惋惜,有的无动于衷。

陆城遇没给老师气急败坏的时间，走得干脆，拎着书包的修长身影转瞬就消失在教室门口。

陆城遇没带多余的东西，从床铺底下把母亲林秋漪的照片塞进书包里，再拿上钱包，最后把宿舍的门落锁。

离宿舍最近的楼层是画室，陆城遇从走廊上经过时，看见了里面的方木深。

这天文化统考，几个班的学生都在教室考试，方木深没有参加，也没有老师出来找他，或许他们根本就不记得班上有这样一个存在感微弱的阴郁少年。

他一个人坐在空旷的画室中，空气冷清，四面窗户全部敞开。前方正对着一面苍山，百年前的古杉树在视线中轮廓模糊，大雨倾盆落下，水雾缭绕。

陆城遇只一眼就注意到他锁骨上紫黑的瘀青，和脚踝上已经凝固的血痕。

那一天的下半夜，灯光微弱昏沉，没有发现他身上原来受了这么严重的伤。

就像外面的很多学校里，每个年级，每个班，总会有那样一个人沦为食物链最底层的存在，成为众人欺负的对象。

即便在常年香火不熄，仿若人间圣地的小河寺也不例外。

而方木深就是这一条食物链的底端。

长廊木雕，飞檐凌空，风铎在水雾中轻响，庭院中花木葳蕤，这样充满禅意和佛性的地方，同样避免不了血腥和暴力。

陆城遇踩着地上散落的颜料盒和画纸走进去，涮笔桶被绊倒，五颜六色混杂的水瞬时流了一地，更加惨不忍睹。

响声引起了方木深的注意，他转头望向陆城遇。

"你要不要跟我一起走？"陆城遇问。

方木深讶异于陆城遇的举动。

尽管陆、夏两家是世交，但在小河寺里，陆城遇独来独往，从来不管他的事。

"我怕你在这里被整死了，夏家人到时候会找我麻烦。"陆城遇倚在窗口，探身出去看了看，衣服顿时被打湿一片。

方木深想了想，还是决定摇头。

陆城遇拿起他面前画架上的作品，看了两眼，一针见血地说："天赋不足。你根本就不喜欢画这些乱七八糟的东西吧？这样勉强自己，是为了讨夏家人欢心吗？"

方木深捏着笔杆的手指用力，仿佛会在下一秒被折断，喉咙里发出低低的声音："是啊……"

如此——坦然承认。

天赋不足，不喜欢绘画，对设计无感，但因为要在夏家立足，要讨家人欢心，所以还在拼命地学。

陆城遇没想到他会这样回答，笑了笑："啊，既然这样，那就随你了。"

每个人都有自己的选择，没什么对错之分，旁人还真不好插手。

也没有必要插手。

"等一下，"方木深叫住陆城遇，说，"我有伞。"

陆城遇顺着方木深指的方向，看见画室墙角有把黑色的长柄伞。"哦，谢了。"他返身回去，毫不客气地拿起来。

"对了，"陆城遇突然问，"你有什么想去的地方吗？或者觉得值得推荐的地方？"

像是回想到某些不好的记忆，方木深眉眼间的沉郁如影随形，过了好一会儿才说："加都。"

在方木深模糊的记忆中，对那个国度怀着复杂而不可言说的感情。细想时，却因为时日长久，什么也记不起来。

陆城遇抬手看了眼时间，下山的最后一趟公交车再过五分钟就到。

他撑开伞，走进雨里，头顶一阵冰凉，才发现方木深的伞和他的人一样遭了殃，伞面上被人剪出几个大洞，还不知被人踩了多少脚。

陆城遇从小河寺前门的台阶上一路走下去，身上已经湿透。

他扔了伞，朝不远处的一棵大槐树跑去，那是公交车的停靠点。他掏出手机，上面显示仅剩百分之四的电量。

陆城遇用那百分之四的电量，给夏母打了个电话："阿姨，您要是不想您儿子残废的话，就过来小河寺看看他，或者干脆直接叫人来把他接回去。"

少年脸上冷漠而平静，低沉的声线里却带着残忍又讽刺的笑意：
"虽然现在小河寺里这个方木深不是您自己身上掉下来的一块肉，但既
然收养了，您也该负责到底是不是？任凭他死在这里，恐怕也有点说不
过去……"

手机撑不住，自动关机。

公交车从盘山公路的拐弯处缓缓驶来，爬了一个斜长的坡，停在槐
树前，车门打开。陆城遇大步跨上去。

"借伞的人情算是还你了。"

地上陈旧的黑伞在大雨中打翻，噼啪作响。削薄的伞骨不堪负重，
被狠狠压弯。

03. "送你一个美梦。"

陆城遇没有目的地，听取了方木深的意见，第一站去的是加德满都。

他不担心陆家来抓人。每年的这个时候，陆卓元都要赴欧洲开会，
半个月之内不会回国，管不到他。

这次看似心血来潮的下山，其实并非偶然，他至少计划了逃跑的时
间。

无数少年在梦中计划的逃亡，他把它付诸于实践了。

抵达加德满都的那一晚，陆城遇重感冒。

第二天起床，额头滚烫，鼻子堵塞呼吸不顺畅。他四肢发软地下床，

在落脚的家庭旅馆里洗漱好，躺在外面晒太阳。

房东是位上了年纪的老太太，英文生涩，见他恹恹没有精神，问半天才明白过来他生病了。

房东太太在柜子里翻了好久，找出一个小药瓶，倒出两粒来给陆城遇，让他吃下去。

陆城遇看了看药丸上印刻的英文字母，和着水咽了下去，回房间补眠，又睡了一觉。醒来已经到了傍晚，外面霞光万丈，景观绮丽，夕阳映红了天际。

陆城遇准备去大街上逛一逛。

他住的地方离杜巴广场不远，按着地图走，穿过古老幽深的小巷，人渐渐多起来，穿着天蓝色校服的学生三五成群地走过，小孩子在广场中央嬉闹，密密麻麻的鸽子在半空中盘旋，寻找地上的谷物。

陆城遇走到一个奇特的地摊前，摊主贩卖的是五颜六色、各式各样的人字拖，突然听到不远处传来一阵喧闹。

金铜佛像前，站着一个穿绿色长裙的女孩和一对夫妻，三人似乎在争执，再看，又不太像。陆城遇隐约听见他们说的是中文，女孩忽然提高嗓门，大声吼了一句："找不到叶尚我这辈子也不回来了！"

她朝着陆城遇的方向跑过来。

擦肩而过时，陆城遇看见她扬起的长发下，有一双通红的眼睛。

那对夫妻追了几步，男人冲女孩的背影喊了一句："小悄！"

女人气急败坏："你别管她，随她去！待会儿自己就跑回来了！"

"你都一把年纪了，做什么还非得和自己女儿闹脾气？"

"我又没说错，当年要不是她贪玩，尚尚怎么会丢！"

"这事也不能完全怪小悄，你我也有错，毕竟小悄她自己也还是个孩子。"

女人伏在男人肩膀上痛哭起来，悲恸之下，发疯似的捶打自己的胸口："我知道，我知道……可我就是恨，就是恨哪，尚尚怎么就丢了呢！他当初还那么小，他现在怎么样了？我每次一想到这些，心里就像有人拿着刀子在刺……"

异国他乡的黄昏暮色里，街道两旁布满低矮的房屋和苍翠的树，绿色的裙裾在树影间跳跃。

她跑累了，变成步子匀速地走。

陆城遇离她不远，隔着两百米左右的距离。

两人一前一后。

他漫无目的，步调悠闲。巷弄里坐在门口织披肩的老人在唱歌，含混不清的词，沧桑而沙哑的声音在空气中飘荡。

前方的女孩正在经历一场伤心欲绝，抬手擦眼泪的动作看上去像是用了很狠的力道。

再往前，就到了宽阔的河面。

陆城遇直觉有些不对劲，在意识过来之前他已经跑了过去："喂……"

叶悄顿住脚步，靠着河边墨绿色的铁栏杆，歪着头，冰冷地打量面前的少年："你不打算偷偷跟着了？"

　　或许是因为年纪相差不大，又同是中国人的缘故，叶悄对陆城遇这个突然冒出来的陌生人也没抱有敌意，只是问得很犀利。

　　"顺路而已，谁跟着你了？"

　　陆城遇坦荡地笑了一下，一点也没有被拆穿的尴尬。

　　"我鼻子很灵的，"叶悄点了下鼻尖，"你一直走在我后面，我可以闻得出来，因为人的气息是不一样的。"

　　"真的假的？"陆城遇笑，"我可是每天一个澡，身上应该没有酸臭味吧？"

　　叶悄短促地扬了扬嘴角。

　　"喂，你别再往前走了。"陆城遇想不通自己为什么会一而再再而三地多管闲事，一副过来人的语气，"小姑娘，跟父母闹个矛盾，也没必要想不开吧？"

　　"谁说我要跳河自尽了？"

　　叶悄的声音里带着点挑衅和倔强，在河堤上坐下来，眼角的红色还没有完全褪去："我就过来吹吹风。"

　　陆城遇可不太相信她这话。

　　"你知道失踪的小孩接下来的命运吗？"叶悄望着被风吹皱的碧绿河水，突然聊起这个话题，似乎很笃定身后的陆城遇还站在那里没有离开，兀自说了下去。

　　"我在网上看过一段视频，里面介绍说，就像电影中的那样，那些失踪的孩子可能流落到偏僻的山村寄养，男孩儿用来供人养老，女孩儿成为童养媳，沦为生孩子的工具。这都算很好的了，还有很多不幸的，会被卖给黑砖窑厂做童工，一辈子不见天日。有的会被非法组织人为致残，被迫上街乞讨，有的女孩儿会被卖到国外，被迫做雏妓，还有的会被直接摘除器官，从此失去生命……"

她的声音越来越小，止不住地发颤："据说中国每年的失踪儿童不完全统计有 20 万人左右，找回来的大概只占到 0.1%……"

"很残酷是不是？"不等陆城遇说话，她自问自答，"但这就是现实啊。"

天色一点一点暗沉，夕阳泯没在山后，陆城遇靠在栏杆上，默默听着。

"我有个弟弟，在加德满都走丢，已经过了七年了……你说，找回来的可能还剩多少？连 0.1% 的可能都不到吧？"

她扭头执拗地看着陆城遇，仿佛想从这个陌生的少年口中得到一个答案。

"我爸妈每年都来这里，找遍加都每一个地方。每次满怀希望地来，一身疲倦地回去，明明知道希望微乎其微，但是始终不曾放弃……"

她说完自己先笑了，仍有几分稚气的脸庞上带着不符合年龄的晦涩，叹息地说："算了，跟你说这些干什么呢……"

或许正是因为第一次见面的陌生人，日后可能永远也不会见面的陌生人，才会突然说这些。

难以启齿的话，也脱口而出："我很想他……我弟弟，他叫叶尚……"

修长的手指在空气中扬起，化了一条弧线，"他走丢的时候，才这么一点高……"

经年积累的愧疚、难过、悲伤、痛苦和绝望在心里逐渐腐蚀出一个血淋淋的洞，张开倾盆络大口把她吞噬，连挣扎都不曾有过，任凭自己陷入命运的泥沼。

她用手捂住了自己的脸，隐忍地哭泣起来。

指缝湿漉，眼泪流了出来。

陆城遇头一回认真地思索该怎么安慰一个人，正左右为难时，前方朝着河边走来的几个满脸络腮胡的男人引起了他的注意。

他们勾肩搭背，走起路来东摇西晃，脚步不稳，明显是一群醉汉。

加都当地的治安一般，大街上的交叉路都是由站岗的交警来维持秩序，陆城遇不由得警惕起来，他提醒叶悄："天快黑了，早点回去，你爸妈会担心的。"

叶悄腿麻，站起来很费劲，陆城遇拉了她一把。因此当拿酒瓶的男人发疯似的扑过来的时候，陆城遇顺势一拽，霎时就把叶悄藏到了身后，错身避开。

"快跑！"

手被攥在少年的掌心里，叶悄踉跄了一步，随即调整步伐，努力跟上他。在异国他乡的暮色中，没命似的奔跑，叶悄仿佛听见自己剧烈的心跳声。

　　没有感到一丝害怕，反而产生了一种荒诞的想法，不如就一直这样下去好了……

　　不要再回到原来的生活，时间就此停下来。

　　但是怎么可能呢?

　　四季轮回，亘古交替，周而复始，世界怎么会因为如尘埃般渺小的我们而停止转动?

　　按原路跑回杜巴广场的路口时，指挥路况的交警成功地让身后的一群醉汉灰溜溜地四散逃走。陆城遇拉着叶悄停下来，两人大汗淋漓，双手支撑在膝盖上喘粗气。

　　忽然之间，他们有点莫名其妙地相视而笑。

　　"你爸爸来找你了。"

　　陆城遇看见叶悄身后的马路上朝这边走过来的中年男人，叶悄回头看，随即和陆城遇匆忙地告别："那我先走了……"

　　叶悄走了几步，突然跑回来，仰起头看着面前的少年："我好像忘记问你名字了。"

　　清俊的脸庞露出笑，一字一顿地说："陆——城——遇。"

　　"我叫叶悄。"

　　"我知道……"

　　天完全沉暗下来之后，陆城遇独自在城中转了一阵，回家庭旅馆的路上，偶然看见一扇窗户外的竹竿上晾着一条绿色的长裙，在晚风中飘荡，像一丛柔顺的海藻顺着水流的方向尽情伸展。

他两个小时前见过。

原来他和她住宿的旅馆隔得这样近，在相邻的两条街上，拐个弯就是。

里面还亮着灯光，陆城遇敲了三下窗，叶悄立即探出一个头来。

"是你！"她原本沉寂的眼睛里染上了鲜活的情绪，顿时兴高采烈起来，显然没有想到这么快就再见面。

"这么晚还不睡吗？"

陆城遇问出口后，叶悄的表情在一瞬间变得很奇怪，她闷闷地说："睡不着。"

"你今天应该也很累吧？躺在床上放松精神，慢慢就会入睡。"

叶悄摇头，开了个玩笑："我可能大概被上帝诅咒了，没有办法做到像你所说的那样。"

"失眠吗？"

叶悄坦言道："是。"

陆城遇看着她，漆黑如夜的目光流转，含笑的声音："我送你一个美梦。"

"嗯？"

"待会儿就知道了。"

陆城遇从窗户口跳进去，帮叶悄把房间里那张折叠的床移到窗前，他再跳出去，像一个骑士守护在城墙外，宣读镌刻在灵魂上的使命："等你睡着之后，我会帮你关好窗户再离开，你会一直睡到明天日上三竿，被外面热闹的集市吵醒。"

她和他仅仅隔着一堵墙，房间的灯光熄灭，外面月色皎洁。

她注视着他的眼睛，和他身后星河敞亮的斑斓夜空，不知道自己何时陷入了睡眠之中，唯有那道温和的嗓音穿透她的耳郭，抵达脑海深处。

——我送你一个美梦。

陆城遇动作放轻，把窗户从两边合上，再溜达回小旅馆时已经很晚，房东太太给他留了门。

之前在国内用的手机充满了电，开机之后无数个未接电话冒出来，差点儿炸了。陆城遇看到其中一个来电标注是"奶奶"，还有一条长短信，第一句话就是"城遇，无论你现在在哪里，赶紧给我回来！你妈妈的事情有消息了"。

陆城遇一目十行地浏览完，动作飞快地收拾东西，把房门钥匙留在桌上，甚至没来得及跟房东说一声就离开了。

他手心紧攥的照片因为用力过猛折出白痕，照片上的女人面朝一片蔚蓝的大海，膝盖上搁着一沓素描纸。她低头勾勒笔下的线条时，侧脸被美好地定格下来，温柔而专注的神情。

陆城遇无数次在梦中梦到这番场景，但他永远不可能在时光的长河中涉水逆行，回到过去。

奔跑的时候，仿佛凛冽而清晰地感受到空气中缥缈的浮尘涌入身体中，拥堵着心房，遏住他的呼吸。

与此同时。

叶悄翻了个身，脸庞蹭了蹭松软的棉花枕头，唇边缓慢露出一个含糊的笑，不知梦到了什么令人雀跃的美好场景。

Section 03 ——
- 干杯！分手快乐！
- Cheers！分手快乐！

01. "我刚刚被分手，骗子先生。"

九月的天空依稀晴朗，温度灼热的阳光炙烤着大地。喷泉池中的水柱变幻成五颜六色，蝴蝶在路旁的月季花上翩翩起舞。数辆突然行驶而来的面包车打破了午后的寂静。

记者一拥而出，纷纷奔向喷泉池，无数台摄像机和话筒团团包围住了中间面色惨白的女人。

"林小姐，外界传闻这次抗日纪念馆的设计是你抄袭了日本设计师月岛川菱的作品，请问你对此有什么看法？"

"林小姐，目前纪念馆已经停止修建，是不是受抄袭事件的影响呢？"

"请问你和月岛川菱之前是否认识？关系如何？"

"请问你……"

林秋漪慌张地瑟缩着身体，捂住自己的耳朵。

她仓皇地后退，却绊住台阶，摔了一跤，额头上立即磕出伤口来。殷红的鲜血顺着过分苍白的面颊流下，有种难言的凄艳。她害怕地抱住头，嘴里默默地念着："我没有，我没有，我没有……"

镁光灯闪烁，无一人伸手扶起她。

身穿校服的陆城遇拨开人群冲进去抱住林秋漪，在她耳边轻声安慰："别怕，妈妈不要怕……"

他迅速地用袖子替林秋漪擦干净眼睛旁边的血迹，不让它们渗进她的眼眶里，淡漠的脸庞上带着不属于那个年纪的镇定和冷静。

他低头的瞬间，眸光却泄露了一丝彻骨的寒意。

林秋漪失控地大声尖叫起来，对陆城遇又踢又打。他却死死抱着她，不肯松手，嘴里却不断地安慰和安抚着。

可是他双手突然什么也抓不住了，母亲的身体突然变成一片灰烬。

……

陆城遇从梦中惊醒，猝然睁开双眸，坐在床头一阵发愣。

已经不记得是多少次梦见这样的场景了。曾经的记忆，像鬼魅一样纠缠他的梦魇。

这已是七年后。

七年前，他在加德满都收到奶奶的消息，说他母亲林秋漪找到了。
他赶回国内，看到的只是一具被水流冲上河滩的骨骸，还有一堆打捞物。

所有人都告诉他，经过验证，确定是林秋漪无疑。

陆城遇总觉得其中有蹊跷，但事实都摆在眼前，让他无法反驳。即
便这几年他在国外留学，也一直还在记挂着这件事情，多次想要着手调查，
却无从下手。

而他父亲陆卓元已经有了第二任妻子，建立了新的家庭。

如今陆城遇回国之后，也很少再回陆家。

服务生进来送餐时，察言观色，看出陆城遇状态不对，提议道："陆
先生，如果您需要放松，可以去我们酒店旗下的休闲吧小坐……"说着
还给了他两张优惠券。

陆城遇画了半张设计图纸之后，停下笔，百无聊赖，换了件衬衣出门。

休闲吧就在楼下，他进去时发现里面人不是很多，几乎都是情侣，
成双成对地坐在一起。陆城遇挑了一个较为偏僻的位置坐下，点了酒水，
隔座一男一女的对话突然闯入耳朵里。

男方提议："我们分手吧。"

女方的声音很平静，不是肥皂剧中惯有的撒泼纠缠桥段，只是问了
一句："原因呢？"

"家族联姻，昨天已经见过一面了，15 号订婚，25 号结婚。"

"是个什么样的姑娘？她比我好吗？你确定和我掰了之后不会后

悔？"女方一连抛出三个问题。

男人说："她没你好，长相一般，任性，主要是脾气也大。"

"所以——你喜欢这样的？你是不是有自虐倾向？"

"我们家三兄弟，总得有一个人把她娶回家，谁叫她爸爸有权有势呢。"

"没想到你还挺有牺牲精神的呀，葛亦勋。"

那个叫葛亦勋的男人笑了一声，说："咱们俩除了颜值相当，身份地位悬殊，是不会有好结果的。分手吧，小叶。"

"行，话不多说——祝你百年好合，早生贵子。"

"你也一样，祝你少遇渣男，早日找到人生的另一半。"

"干杯！分手快乐！"

"Cheers！分手快乐！"

陆城遇觉得自己像是听了一段相声，跟着乐了乐。喝完两杯酒，实在没什么看头，回到房间后，他打开电脑登录旧海论坛。

"撒谎精小姐，今天看见一对男女分手的场面，感觉很有趣。"

陆城遇给自己倒了一杯水，电脑传来提示音，对方很快地回复了他一个哭脸的表情。

"我刚刚被分手，骗子先生。"

陆三："是吗，那我很抱歉。"

悄无声息："听起来并没有丝毫抱歉的意思。"

陆三："你听起来也并没有很难过的意思。"

悄无声息："爱情总是分分合合，我得节哀顺变，哪能吊死在一棵树上啊，你说是不是？"

陆三："你好像很有经验？"

悄无声息："这个倒是谈不上。"

陆三："你以后准备在怎样的树上吊死？"

一连串的笑脸之后，悄无声息打出了一行字："让我睡得安稳的那棵树。"

睡得安稳？陆城遇心想，那还真的有可能非我莫属啊……

七年里，骗子先生和撒谎精小姐仍旧保持着联系。

他们之间联系的次数不多，隔个十天半个月，或者偶尔想起对方时，相互在网络上敲一下。因为一个在国内，一个在国外的时差关系，两人的作息时间也不同步。一个人回复另一个人的私信，往往到第二天才有动静。

叶悄抱着电脑，为这次默契的对话感到小小的惊讶。

有一种错觉，骗子先生陆三现在离自己很近。这个新奇的猜想冲淡了一点她刚刚才和前任分手的失落。

说完全不在意绝对是骗人的。葛亦勋和她交往近一年，相处这么久，总该有感情。

但究竟是不是爱情，叶悄自己也不知道。

02. 他出现时，像个魔术师。

第二天，叶悄就去了街边的一个小理发店。

"老板，麻烦给我剪个短发……嗯，再染个颜色吧。"

"美女你想染什么色儿的？"

叶悄眼睛转了一圈，往墙上的一张宣传海报上一点："跟这个女模特一样的。"

"这个叫薄藤色。"老板跟她喋喋不休地介绍起来，"可漂亮了，今年特别流行的，美女你可真有眼光……"

老板又说："不过你头发都这么长了，舍得剪掉？"

叶悄想起葛亦勋那张糟心的脸，晃了晃脑袋，满嘴胡说八道："嗯，长头发麻烦，打起架来不方便。"

话一出口，老板默默闭嘴了，一心一意地给她洗头发，轻缓地按摩头皮。

做头发的时间过长，叶悄一边玩手机一边打起了瞌睡，醒来后眨着眼睛看见镜子里的自己，薄藤色短发，内扣式的梨花烫，微微蓬松的感觉。

她歪了歪嘴，镜子里的人也嘴巴一扯，像戏剧中逗趣的小丑。

"叶悄，以后还请多多指教。"

叶悄从理发店出来，沿着宽阔干净的马路散步，头顶的老树隔绝了头顶夏末的阳光，有风吹过，还算凉爽。

前一秒还在脑海里冒出来的人，现在立马出现在自己面前，迎面相逢。叶悄看着马路对面的葛亦勋，觉得缘分不浅，难道老天爷不让他们分手？

但很快，叶悄也看到了他旁边的女人，和女人手上牵着的拉布拉多犬。

昨晚葛亦勋关于现任女友、未来妻子的评价还在叶悄脑子里回响：长相一般、任性、脾气大。

女人望过来的时候，眼神不太对劲。叶悄没来由地右眼皮跳了一下，还没来得及多想，那女人已经开始放狗咬人了！

叶悄被追得满大街跑的时候，心里几乎是崩溃的。

葛亦勋的女朋友拍手给狗助威，在后头兴奋地大叫："小白咬她！叫她抢你妈妈男朋友！咬死她！"

"葛亦勋，你女朋友是不是有毛病？"叶悄愤怒了，"你就不能拉着点！"

"你才神经病！你昨天勾搭葛亦勋不是很能耐吗，现在怎么尿了！叫你插足我们俩的婚姻！"葛亦勋的女朋友叫嚷着。

叶悄跑着一口血快要吐出来。到底他妈谁插足谁？

简直六月飞雪，她这辈子还没受过这么大的冤枉气。

叶悄怒了："葛亦勋，你丫就站着看戏见死不救是不是！你个死渣男！不知道站出来讲句话吗！"

高大威猛的拉布拉多往上一蹿，而叶悄脚下一崴的时候，她心想惨了，今天可能要命丧犬口。

叶悄身体不受控制地往前一扑，"啪"地双腿跪在地上，面前出现了一双男式的黑色皮鞋。几厘米之距离，她的整张脸差点儿径直栽下去，磕到鞋面上。

叶悄脑子轰响。

拉布拉多的两只爪子在碰触到她肩膀的一瞬间突然停下来，然后——

然后，它软塌塌地趴下来，双眼一闭，神奇地呼呼大睡起来，尾巴不安分地继续甩了两下之后，好像抵抗不住睡意，无力地垂了下去，打起了小呼噜，跟瞬间被催眠了一样。

叶悄惊讶得忘记了从地上爬起来，谁来告诉她，现在这是个什么情况？

事态发展得好像有点诡异。

"还不起来？"

好听、低沉的声音传到耳朵里，叶悄才从拉布拉多突然歇战的巨大惊叹中回神，顺着皮鞋和深色休闲裤一路望上去，她第一直观感受是，这人真高，她脖子好累。第二反应是，这张脸赏心悦目，看起来十分顺眼。

因为仰视的角度，男人脸部的轮廓越发深邃清俊。

他自然地弯腰半蹲下来，伸手挠了挠拉布拉多的脑袋和耳朵，力道很轻地拍了拍："还是睡着了听话一点。"他像个魔术师一样，温温和和地对手底下训练的宠物下达命令，"那就多睡会儿好了……"

叶悄突然想起旧海论坛里的骗子先生陆三。

男人的视线转移到叶悄身上，问："坐地上是不是很舒服？"

"……"叶悄满头黑线，"还好，就是被太阳晒了一天有点烫。"赶忙站起来。

陌生人之间进行了一场颇为诡异的对话。

叶悄脱掉断根的鞋子，扶着旁边的树枝赤脚站起来，长呼一口气，刚刚剪好的发型估计已经惨不忍睹了。她扒拉了两下，试图挽救已经荡然无存的个人形象。

更糟糕的是，此时此刻，她面前站着一个英俊得要命的男人。

葛亦勋和他女朋友从路的那头追了过来，葛亦勋终于有点愧疚了，看了叶悄一眼，似乎知道玩得过火了。他女朋友着急地去抱拉布拉多爱犬："小白你怎么了？怎么突然就趴下来了？是不是生病了呀……"

叶悄站起来，走到葛亦勋面前："咱们俩已经两清了，麻烦你看好自家人。"

她回头，居高临下地看着女人："还有你，你家狗是厉害，但你放它出来咬人，我可以告你故意伤害。我今天不打电话报警，是因为手机没电了……"

"下次不见得你还有这样好的运气。"她语气里生出无限的遗憾来。遗憾完之后，她看向方才突然出现的陌生男人，却有点不好意思，朝他点了下头打招呼示意，拎着鞋子走了。

　　萍水相逢，三言两语的对话，透着古怪意味的陌生帅男人。叶悄在心里下了定义。

　　只是……好像在哪里见过？

Section 04 ——

- 今晚能否做我的女伴?
- ……

01. 他手上托着一只黑猫，站在夏日的一片蔷薇花海前。

叶悄的职业很神秘——私人香水调制师。

这一次的顾客也很神秘，姓姜，姜媛芝。

叶悄抱着试一试的态度去查过她的资料，发现原来是现在的陆家夫人。

荣城有两大建筑世家，一个陆家，一个夏家。其中陆家尤其瞩目，是荣城人人都知道的存在。从改革开放初期开始，这座城市的规划和建筑设计都有陆家人的参与，天文馆、观礼台、歌剧院等许多标志性的建筑也出自他们之手。

姜媛芝是大 BOSS 陆卓元的第二任老婆，网络上的一些论坛说这里面大有故事在。

姜媛芝和叶悄想象中的差不多，或者说更年轻些，保养得当，不太分辨得出年龄。一个人坐在露天阳台上喝下午茶，见叶悄过来，亲近地打招呼，倒也没有摆架子。

叶悄直接进入话题，聊起这次私人订制香水的问题，说到一半，姜媛芝问起从身旁经过的糕点师："今天城遇会回来吧？"

被询问的人点点头。

"那晚餐让厨房的人多准备几道他喜欢的菜。"

"是。"

叶悄听着一来一往的对话，记起陆家的相关资料中有提到陆城遇这个人。他是陆卓元第一任夫人林秋漪的儿子，陆家最低调的小辈，之前好像一直在国外，网上也少有关于他的消息。

在出尽风头的陆家，陆城遇可谓是一个低调抑或是平庸的存在。

开往陆家别墅的道路宽敞开阔，两旁满是绿荫。陆城遇估计了一下，如果这时候自己反悔，按原路返回，被自家奶奶再次打爆电话的概率有多大。

想到这里，他认命地继续往前开车。

正这样想着，老太太的电话已经跨洋而来，她人在埃及看金字塔，心还系在孙子身上。

"小城啊，到家了吗？"

"已经在去的路上了。"

"那就好，那就好！今天小晴也会过去，你记得多和她交流交流感情知道不？你是男孩子，要主动一点，不然今后娶不到老婆的……"

陆城遇："……"

"怎么不说话了？听到没听到呀？"

陆城遇一阵头疼，语气认真地敷衍："我在听。"

"你都好久没见过小晴了吧？怎么说你们俩也是青梅竹马、两小无猜啊……"

"我和她怎么扯也扯不上'青梅竹马'这个词……"

陆、夏两家交好，陆城遇和夏觉晴小时候自然认识，但也仅仅只是认识而已。夏觉晴上小学就被封为"女王大人"，高高在上惯了，和陆城遇向来不对盘。可偏偏他奶奶一直很喜欢夏觉晴。

"奶奶可不管，你今天一定要好好和小晴见一面！"

"知道了，皇太后。"

陆城遇挂断电话，想想待会儿和夏觉晴女王大人的会晤，还真不怎么期待。

"刺——"

旁边的灌木丛中突然窜出一只黑猫冲到车前，陆城遇踩下急刹车，车子骤然停住。

陆城遇下车查看，黑猫蜷缩在轮胎前，只差几厘米的距离。

小家伙大概受了惊吓，瑟瑟发抖，也不跑了。陆城遇蹲下去看仔细，才发现它身上和四肢的一些地方有伤口，像被什么咬伤的。他伸手一碰，它就不安地挣扎起来。

陆城遇尝试着抚摸它的头，差点被锋利的尖牙划破手掌心。

"不如你先睡一觉。"陆城遇说。黑猫湖蓝色的圆眼睛眨了眨，就像忽地听到指令般，缓缓闭上，爪子也松懈地耷拉下来。

陆城遇满意地抱起黑猫放在副驾驶座上。

墙上的时钟走至下午四点半。

叶悄和姜媛芝谈完事情，大致了解清楚了她偏好的香型，正准备告辞，陆家又来了新的客人。

不见其人先闻其声。

高跟鞋踩在地板上发出的清脆声，由远及近地传来，在寂静的午后听得格外清楚。

简约风的白色小西服，手上握着深棕色的包。长发披散在肩头，发尾微微卷曲，一道美好的身形倒影在旁边的落地窗上。

"小晴来了呀，快过来这边……"姜媛芝立即起身去迎。

叶悄出于礼貌，也站起来前去打招呼："你好，我叫叶悄。"

夏觉晴打量她，目光审视，很漂亮的杏眼，画了淡淡的眼影。

姜媛芝立即替她们介绍彼此，一个建筑设计师，一个高级调香师，怎么看都搭不上边的职业，也没有可聊的话题。

倒是姜媛芝亲亲热热地和夏觉晴寒暄起来："今天怎么有空过来？

我听你妈说，你平常可是忙得脚不沾地。”

夏觉晴满脸无奈：“奶奶一早就给我打电话了，不知道为什么，非让我今天下午来这边一趟，说是有惊喜。”

姜媛芝一头雾水：“什么惊喜？老太太古灵精怪的，都猜不透她心里想的是什么……”

叶悄被晾在一边，听她们一句接一句地聊着，不好贸然插话进去打断她们，说自己要先走一步。

她干站着发呆。悬空的阳台下方是一个椭圆形泳池，池水清澈见底，波光粼粼，尽头木栅栏前的蔷薇花拥簇盛开，颜色绯红，空气中仿佛有馥郁的芬芳。

有道修长的身影从小路的拐角处出现，叶悄蓦然被日光晃了眼，一阵刺痛，视线中出现成串的黑点。

她赶紧闭上眼睛揉了揉，忍过这阵眩晕，过了几秒再睁开，泳池前的身影已经清晰起来。

竟然是他。前两天才在酒店门前遇见过的男人。

他摸着拉布拉多的头，低声劝大狗睡觉的画面，叶悄到现在还能回想起细节。

他还是和那天差不多的休闲打扮，白色衬衣，浅棕色的裤子。他的手臂上托着一只毛茸茸的、缩成一团的黑猫，站在夏日的一片蔷薇花海前，仰起头朝这边望过来。

夏日的风让人昏昏欲睡。

这让叶悄想起自己的初中时代，某天午后，坐在课桌前翻看的漫画书里的美好场景。

夏觉晴的一声轻嗤打断了叶悄乱飞的思绪："呵，原来这就是奶奶说的超级大惊喜啊……"

拖长的尾音，带着猜不出情绪的戏谑感。

姜媛芝也反应过来，笑着说："我倒是忘了告诉你，今天城遇回来，看样子是老太太想要撮合你们俩。"

陆城遇朝着阳台上的几人点了下头示意，绕过泳池，从别墅的正门进去。他把臂弯里的黑猫交给管家，交代说："它现在睡着了，待会儿就醒，你让王叔给它清洗干净，上点药。"又好像不经意地提起，"今天家里好像很热闹。"

管家一边小心翼翼地接过黑猫，一边向他解释："刚才夏小姐过来了……还有一位叶小姐，是夫人请来的客人。"

陆城遇不甚在意。

楼梯上响起脚步声，姜媛芝率先走下来，笑容满面，让人端茶倒水。太过客气殷勤，反而像主人在招待客人。

叶悄察觉到气氛有点微妙和尴尬。

听到姜媛芝吩咐人开始着手准备晚餐，陆城遇委婉地拒绝她："不用麻烦了，我待会儿就走。"

"这怎么行！"姜媛芝试图挽留，"再过两个小时你爸爸应该也到家了，你不等等他吗？"

"不用了。"

姜媛芝并不肯轻易放弃："我让厨房提前做了你爱吃的点心，你尝尝？"

"谢谢阿姨。"依旧是客套的敷衍。

陆城遇是最后才看到叶悄的。

窗外的树影投映在他身后的白墙上，一阵摇曳，流光在他肩上浮动，他的声音带着轻笑和感慨："这一回咱们总算可以正式地认识一下了。"

显然前几天的偶遇他也还记得，制伏恶犬，他对她有救命之恩。

"你好，我叫陆城遇。"

"你好，我叫叶悄。树叶的叶，悄无声息的悄。"

他们听见彼此名字的时候，脸上的神情十分同步地诧异了一秒。七年时间，加德满都的一面之缘，当年不辞而别之后，如今是否还认得出对方？

叶悄握住陆城遇劲瘦干净的手，这下觉得，不止这张脸眼熟，竟然连名字也听起来耳熟。

"叶小姐，虽然我们才认识不久，但我有个不情之请。"

叶悄不明所以。

听陆城遇继续道："今晚能否做我的女伴？"

叶悄一愣，沉默了。

站在旁边听得一清二楚的夏觉晴，也沉默了。

之后，叶悄花了十分钟才明白过来，今晚有一场宴会，陆城遇原本被自家奶奶安排和夏觉晴一同出席。

但显然陆城遇不是很乐意这个安排，于是平白地把叶悄卷了进来，故意让夏觉晴落单了。

至于这场宴会，据说是一场庆功宴。主人公是夏觉晴的弟弟，陆城遇传说中的基友——著名的新晋华人导演方木深。

叶悄觉得里面水太深，但还是不可避免地被拉下了水。也不知道陆城遇是不是故意的。

02.“你今天晚上的时间是属于我的。”

黄昏之后刚入夜，叶悄跟着陆城遇到了东篱居。

装饰风格古朴的会所，透着一股清静和安逸。叶悄没想到年轻人的庆功宴居然会选在这种地方，果然听陆城遇在耳边说：“这是夏家长辈替方木深办的席，他自己出不出场还不一定呢，你不必拘束，就当过来玩儿。”

对于方木深这个名字，叶悄之前并没有多大的印象，刚刚拿手机百度一下，才发现去年取得票房冠军的电影《长海巷1997》居然就是他导演的作品。他前几年一直在国外发展，如今回国，似乎有转移战场的意思。

叶悄颇为好奇地问：“既然是长辈特地为他办的，他还敢不过来吗？”

陆城遇说：“他还真敢。”

曾经存在感微弱，像菖蒲一样的少年，如今变成截然不同的人荣耀归来，七年时光在他身上碾过，浴火重生之后已然是另一番模样。

　　陆城遇还记得当年他从加都回去时，听闻方木深已经下山，从小河寺被夏家的人接走。

　　不知因为什么缘故，那小子像是脑袋开窍了，终于放弃了以后要当建筑师的念头，不再千方百计讨夏家人欢心，独身一人出国。

　　他在异国他乡肆意疯长，被打断了肋骨，才活成了现在这样，变成了导演方木深。

　　夏觉晴一人落单，也落单得漂亮。穿着一身浅紫的长裙，衬得肌肤雪白，站在白炽灯光下，前来搭讪的人也不会少。

　　客人陆陆续续到场，夏母姗姗来迟，看见陆城遇身边站着叶悄时，眉间不悦的神色一闪而过。夏觉晴走过去挽住她的手，低声耳语几句。

　　正如陆城遇猜测的，这边的庆功宴热热闹闹，众人推杯换盏间，主角却一直没有现身。

　　八点半已经过去，方木深的人影都没有看到。

　　夏家的几位长辈开始面色不善。

　　陆城遇前去和夏母打招呼，叶悄则去了趟洗手间，回来时却迷了路。

　　面前迂回的长廊如同迷宫，成片的海棠和玫瑰在沿途点缀，异常妖冶动人，仿佛在恒定的室温中怎么也开不败。眼前看到的水榭、亭台、清池、繁花草木，好像一幅古卷在面前缓缓展开。

　　大概是选错了方向，叶悄越走越偏僻，也没遇见一个服务生。在下一处拐角，却听见夏觉晴气急败坏又有些隐忍的声音。

"方木深，你让这么多人等你是什么意思？

"让夏家丢脸你就这么开心吗？"

电话那头是震耳欲聋的音乐声，嗨到爆的气氛，方木深站在舞池正中央，单手搂着身边的女伴，大声吼道："你说什么？"

夏觉晴的眼睛里突然像淬了毒，面容冰冻三尺："我说——你今天必须到家，要不然，就死在外面，别回来了。"

"喂？喂！"方木深醉眼迷蒙，看着手机屏幕暗了下去，发现对方已经挂断。

旁边正在喝酒划拳的男男女女朝他拥过来，不知道谁钩着他的脖子调笑："方导是不是醉了？"舌尖暧昧地滑过耳郭，他肆意地笑着，回过头逮住一个人热吻，连长相也没来得及看清。

模糊重叠的人影在迷离的灯光下摇晃，方木深忽然找回一些神智，翻了翻手机的通话记录，在第一行的位置看见夏觉晴的名字，才想明白原来刚刚不是一场幻觉。

"方导，这时候还看什么手机呀，手机有我漂亮吗？"一个才出道不久的二线女星把手里的酒杯递给他。

方木深痞笑着接过，却没喝，直接拿着往自己头上浇，杯子摔得粉碎，疯起来的劲头让旁人看得心惊胆战。

墨染似的黑发被浸透，湿漉漉地贴在眸光潋滟的眼角。苍白消瘦的腰线从 T 恤中露出来，青色的蜘蛛文身若隐若现。很难想象这样一个年轻人，在不久前的金柏奖颁奖典礼上被看好为将来最有潜力的新晋导演。

他如今一呼百应："来来来，继续喝！"

夜晚的狂欢才刚刚开始。

这边的庆功宴相对而言已经算是冷清了。

夏觉晴挂了电话之后，怒火滔天，差点把手里的手机给摔了。叶悄对上她的眸子时，多少有点被她的眼神镇住。

夏家的女王大人，果然名不虚传啊。

不过，她现在似乎拿电话那头那个叫方木深的家伙没办法？

夏觉晴明知大概被叶悄全听见了，立刻把自己武装好，脸上不见一丝窘迫，仿佛方才那个大吼大叫、风度尽失的女人不是她。

擦肩而过时，叶悄叫住她："我迷路了……"

"跟着我。"夏觉晴目不斜视地越过叶悄，好在也不是全然地置之不理，七弯八拐地把她带回先前的宴席上，带到陆城遇身边，语气多少有点恶劣，"看好你女伴，别把人丢了都不知道。"

陆城遇领着叶悄到一旁，给叶悄端了点东西吃。

叶悄对夏觉晴的评价很中肯："挺有趣的一个人。"

"你离她远一点会比较好。"陆城遇奉劝道。

"嗯？"

"你念一遍她的名字。"

"夏——觉——晴。"叶悄缓慢念道，狐疑地问，"有什么不对吗？"

"单念后面两个字。"

"觉晴？"

"对了，就是绝情。"陆城遇笑了一下。

他对这位名义上的青梅竹马的态度可谓是模棱两可，只向叶悄陈述了一个事实："听说，她曾经大冬天的把她弟弟方木深按在水池里，差点把他淹死，你说绝不绝情？"

叶悄打了个寒噤："是挺绝情的。"

"今天的主角看来不会到场了。"陆城遇看向叶悄，"叶小姐，既然你答应了今晚做我的女伴，那么即便我们离开宴会，你也还应该是我女伴对不对？

"你今天晚上的时间是属于我的。"

叶悄发现自己竟然无法反驳他，短暂的沉默已经代表妥协和同意。

陆城遇得寸进尺，把臂弯让给她，转瞬间换上了哄骗小孩似的语气："走了，这儿很无聊，我带你出去玩。"

叶悄发现每当面对这张看上去人畜无害的脸时，自己完全没有办法拒绝。

这是个相当危险的表现。

03. 她曾在异国他乡的街头，打听他的名字。

两人酒足饭饱之后，从宴会现场撤离得比谁都快。

陆城遇带着叶悄出来，进行的活动居然是——沿着江边轧马路。孤男寡女，月上柳梢，江面送来的清风都带着几分旖旎的味道，气氛实在很微妙。陆城遇言辞恳切而真诚，一脸替叶悄担忧的表情："刚才吃那么多，现在就应该散散步消食。"

"叶小姐，有件事想问你。"

"你说。"

"请问你七年前，是否和父母一起去过加德满都？"

他只是稍带一问，叶悄的记忆已经复苏，犹疑地问："你是……当时的那个人？那个……陆城遇？"

他们在对方的眼睛里相互看到了一丝惊喜和讶异。

"开始只是觉得名字相同，慢慢却发现，你越来越像当初我在加都偶然遇见的那个女生，所以才冒昧问出口，没想到竟然真的是同一个人。"

叶悄重重点头，满脸都写着"我也是"三个字！

在街头偶遇时，她觉得他熟悉。

在陆家见面时，她觉得他熟悉。

她还为此自我反思过十秒钟，叶悄啊叶悄，稍微矜持一点儿，不要见到帅小伙就把持不住，搞得好像你俩上辈子见过一样。

七年时间，从少年期进入到青年，容貌或多或少会产生一些变化，即便记忆模糊不清，但面对这个人的容颜时还是觉得隐隐透露出熟悉感。

这种心有灵犀的默契，不知从何而来。

"那现在重新自我介绍一下，我叫叶悄。"一别七年后，叶悄郑重其事地做自我介绍，"黎洲人，现定居荣城，是一名调香师。需要定制香水的话，可以找我哦，熟人九折优惠。"

她看着陆城遇，一本正经地调戏他："看在你长得这么赏心悦目的分上，可以给你折上折。"

见色起意，心怀不轨，但有贼心没贼胆，一切流氓行为止于口头。

叶悄恨自己拿不出与葛亦勋交往时江湖儿女的豪迈，随手一挑，就捏住了人家的下巴："妞儿，给爷笑一个……"

现在对面的人换成陆城遇，她发现自己除了脑袋发蒙，脸颊不正常升温，心脏跳动频率过快之外，实在拿不出以往应有的流氓架势。

陆城遇显然比她淡定从容，说："我是荣城人，这几年一直在国外学习和工作，前阵子才回来。职业是一名建筑设计师。"

"你当初在加都好像突然人间蒸发了呀，第二天醒过来的时候我还有想过去找你，结果顶着太阳转了一天，也没制造出'巧遇'，还真是挺失望的……"

叶悄想起当年的自己，一觉醒来，那个说要赐予她美梦的少年自然早已不在窗外。只是她却想要再见他一面，独自在加德满都的街头巷尾打听一个来自中国的男生。她没有他的任何联系方式，除了姓名，对他一无所知。

她说不出口的悸动是因为什么，只是那时候，希望见到他的愿望那样强烈，以至于现在回想起来还记得那种酸楚、期待、甜蜜而又苦涩的心情。

那是十七岁的她。

现在说起来，却不过云淡风轻一句话，作为笑谈。

"当时不告而别，是因为家里出了一点事情，所以连夜离开了加都。"陆城遇的声音低低地响起。

"很严重吗？"不然怎么会那么着急。

"是啊……"叹息似的尾音，陆城遇语速轻缓地问，"你知道荣城最大的那个抗战纪念馆吗？"

叶悄点头："但是好像已经废弃很多年了。我曾经路过，看到馆身好像只修建了一半左右，没有完工。"

"那是因为我母亲林秋漪。"

叶悄一怔。

林秋漪曾经被世界建筑协会誉为"最天才的建筑设计师"，杰出的天赋不知让多少人眼红。她风华正茂，一度红遍全国，甚至海外。

当年荣城最大的抗战纪念馆就是交由林秋漪一手设计的，荣城政府和各方媒体都给予了高度的关注。施工修建一大半，却突然曝出林秋漪的设计抄袭了日本人月岛川菱的一系列作品，沦为一大耻辱。由于当时的各家投资公司也纷纷撤资，纪念馆的工程不得已搁置，到现在已成为被人遗忘的废墟。

"是不是很惊讶我为什么可以把这件事情坦然地说出口？"陆城遇一笑，"因为我相信她。我始终相信这件事其中另有隐情。我母亲当年因为这件事情压力过大，患上了重度抑郁症，精神失常，随时有自杀的可能。突然有一天，她失踪了，我们所有人都找不到她的下落……

"直到在加都的那晚，奶奶告诉我找到她了。"

一路往前走，叶悄听到这儿的时候，心里没来由地一沉，脚步顿了一下，就听陆城遇继续说道："结果我赶回来，发现打捞上来的是她的尸骨。"

叶悄不知道他是怎么做到现在这样平静的。

温柔的夜色包容了所有，他眼睛里的狠戾和孤绝也被完美地隐藏起来，只有冷寂又平静的声音，一点一点地在耳边如同春夜江水缓缓漾开。

叶悄忽然不知道在这种时候自己应该说些什么了，任何语言都显得苍白无力。她无意识地，做出了一个举动。

——抓住他的手腕，轻轻地握了一下，然后触电般立即松开。

等反应过来，自己都觉得一张老脸没地方藏。

适当亲密的肢体接触常常能给人带来慰藉。或许太想要安慰这个人，所以不由自主地朝他伸出了手。

这次倒不是想占便宜，只是心疼，心疼这个人而已。

陆城遇也难得露出错愕的神色。这个夜晚，对着她突兀地诉说往事，得来一个这样的牵手，感觉到她手心的温度滚烫。

"明天周末，你有安排吗？"陆城遇问。

叶悄摇头。

陆城遇一步一步达成目的——"既然如此，陪我一起去看看纪念馆吧？"

分明是询问的语气，怎么就显得如此笃定？仿佛知晓她势必会答应，如同孙悟空翻不出五指山。

叶悄双手倚着江边的栏杆，侧头认真地打量起陆城遇。他今天穿了件浅色的亚麻衬衫，袖子往上挽了一半，露出一截线条流畅的手臂，肤色偏白。他的侧脸轮廓深邃，一旦笑起来给人的感觉却意外温和。

这让叶悄想起一款经典的 Memory 品牌香水，尾调主要是琥珀和紫檀，掺了些许的月下香，给人以沉静而安谧的感觉。

她觉得陆城遇有很多面，不羁的，温和的，随性的，沉静的，冷峻的，漫不经心的，自由放纵的……

但偏偏，每一面，都是她所欣赏、所喜欢的。

于是她别无他法，不可抗拒，决定听从心的安排："好啊！"

Section 05 —
—撒谎精小姐，
我们要不要见一面？

01. 十四年，生死罔顾。

凌晨两点。

夏家悄然寂静，连外面墙角边的流浪猫也已经沉沉入睡。夏觉晴半夜被渴醒，坐起来喝水，几道刺眼的白光突然打在房间的窗户上。

楼下传来喧嚣吵闹的声音，门铃响个不停。

夏觉晴怕吵到母亲，前去开门的速度很快，看见方木深被一群狐朋狗友从跑车里抬出来。

古时有种说法，叫八抬大轿，八个人抬一顶轿子。眼前却是十来个人，高高架起他一个人，起哄似的把他往屋内送。

夏觉晴穿着一身纯白的丝绸睡衣,往前一站,硬是把门口堵死了。两旁还留有余地,但没有她的允许,别人还真进不去。

"嗨,美女你好,我们是来送方导回家的……"因为不清楚夏觉晴的身份,这群男女也不敢太造次,"麻烦您让让呗!"

夏觉晴神情冷淡,说出口的话无端冒着寒意:"把人放下,你们走吧。"

众人犹豫不决,一时拿不定主意:"方导连站都站不稳呢,这不太好吧?"

夏觉晴说:"那就让他爬进去好了。"

大家的脸色顿时都不太好了,喝高了的年轻人容易冲动,几双眼睛烦躁地盯着夏觉晴,肩膀忽然抬起来,眼看着就要硬闯。

"放我下来……"

方木深的声音打破了僵局。他大概是被这么一闹,酒劲过去了,人也清醒不少。

他酒气熏天,头发糟乱而野性,一身皱巴巴的衣服贴着过分白皙清瘦的身体,脸上挂着生疏而陌生的笑,让人捉摸不透,遥不可及。

一别七年,他就这样不修边幅地出现。

原本以为不会再回来的家,不会再看见的人,现在就在他眼前。

也曾真的想过,不如算了,在国外定居,再混几年之后结婚生子。但怎么还是放不下,甘愿踩着玻璃一步一步走向她,心脏却像停止了跳动。

方木深想,他大概是真的疯了。

"这位可是我姐姐，你们都给我客气点啊……"他仰着下巴指向夏觉晴。

连夏觉晴也愣怔了，印象中，方木深很少有这么称呼她的时候。

她曾经把最坏的情绪加诸在他身上，敌对、冷漠，两人的关系如履薄冰。姐弟间的亲密，他们全都没有。

这群男女迟钝地反应过来，冲着夏觉晴龇牙咧嘴地笑："原来是姐姐呀，刚刚真是不好意思！"

一个个油嘴滑舌，开始奉承起她来，不要脸地拍马屁：

"姐姐好年轻啊……"

"今年十八岁吧？"

"方导家的基因就是好，姐姐长得跟天仙儿似的，穿睡衣都显气质……"

方木深笑着给了其中一个男生一拳头："行了，都回去吧。"三言两语把一群人打发掉，其中还有想要纠缠的，被他阴鸷的一眼望过去，生生顿住了，没再开口。

不消半分钟，几辆车接连开走，夏家门前终于恢复清静。

方木深转身靠在墙壁上，好像真的站不太稳，微弓着背，总让人分不清他究竟是醉了，还是清醒着。他看向夏觉晴的目光里藏着淡淡的嘲讽："现在总能让我进门了吧？"

"既然回来，就收敛点。"夏觉晴的话里有说教的意味，依旧挡在门口，两个人之间的较量还没有完全结束。

"你到底想怎么样啊？"方木深的语气已经开始不耐烦，"打电话让我回来的是你，现在又不让进门，到底是什么意思？"

夏觉晴深吸一口气，忍住心中的怒火，声音显得隐忍而克制："夏家的长辈为你做了这么多事情，你全部都视而不见吗？庆功宴想缺席就缺席，方木深！害夏家丢脸你很高兴是不是？"

无害的假面终于褪尽，针锋相对，彼此把最尖锐伤人的刺竖起来。

"我从来没答应过你我会出席，是你们自作主张。"

她不让开，他就硬闯，被烈酒熏染过的双眸如潭水般幽深，散发着危险的气息。他的身影完全笼罩住她，两人的身高差让夏觉晴瞬间处于弱势的地位。

这大概就是男女之间力量的悬殊。

夏觉晴死撑，双手张开，死死抵在两边的门框上。这个动作太过认真，反而有点像幼稚园小孩经常做的幼稚举动。

方木深的身体已经完全贴近她。

双手穿过手臂，往上一提，动作强硬，用了很大的力，让人没有反抗的余地。

夏觉晴完全不敢置信，他就这样将她提了起来。

"方木深你这个疯子！放我下来！"

他挑起半边嘴角似笑非笑，任凭她做无用的抗衡，声音突然放轻："嘘——小点儿声，要是把妈妈吵醒了，那就不好了。"

好像是她一个人在无理取闹。

"方木深！"夏觉晴压低声音，气得发颤。

他向屋内走了几步，手一松，像扔东西一样把她抛在了沙发上。

夏觉晴只觉得身上的桎梏突然解开，接着就像跌入棉花团中。

一系列的变化只发生在短短几秒钟的时间里。

她引以为傲的大脑智商有过片刻的停滞，因为挣扎，长发凌乱，睡衣凌乱，思维凌乱。

从没有想过曾经那个躲在角落里抱膝隐忍哭泣的孩子，会变成现在这个极具破坏性和杀伤力的男人。

夏觉晴太过于震惊，突然之间像被人扼住了喉咙，说不出话来。只有方木深掺杂了醉意的嗓音有些沙哑地传到她的耳边："夏觉晴，十四年置之不理，生死罔顾，你现在又凭什么管我？"

夏觉晴浑身一怔，如受暴击，心沉入不见光的幽暗海底。他的脚步声渐渐走远，咔哒一声房门关上，她才如梦惊醒。

十四年了。

夏觉晴，我恨不得杀了你。

热气升腾，方木深放任自己沉进浴池底。水从四面八方涌过来，因为闭气，眩晕的感觉越来越强烈。过往的回忆像病菌一样从身体内滋生，开始不断地冒出来。

"从今天起，你叫方木深，是夏家的小儿子……"

"你随母亲姓，上面还有一个大你两岁的姐姐叫夏觉晴，你要好好跟她相处……"

"夏家是建筑世家，不出意外，你以后也会走这条路。觉晴从小就很优秀，是夏家的骄傲，你要多向她学习……"

可是每当靠过去，女孩冰冷的目光总能让他望而却步。

极度喜欢一个人，是藏不住的，眼睛会说话。就像极度讨厌一个人一样。

更何况，她从未隐藏过对他的厌恶和憎恨，把赤裸裸的鄙夷表达出来："你只不过是顶着我弟弟的名字，你永远不可能成为真正的方木深，你永远也不会是我弟弟。"她一把推开他，留给他的背影像孤傲的女王。

尽管那时的她才十一岁，却已经残忍、狠绝，把最坏的一面通通给了他。

那时候的方木深偶然间听见夏家的人说起，小晴以前最喜欢阿深了，当宝一样宠着，连抱都不舍得让外人抱一下，可惜——

说到最后，难免发出一声长长的无可奈何的叹息。

可惜，真正的阿深已经不在人世。

现在的方木深，只是一个替代的人。容貌再如何相像，他终究不是和夏觉晴有着血缘关系、陪伴她一起长大的那个孩子。

"连雨不知春去，一晴方觉夏深。"

听说他和她的名字来源于夏母年轻时钟爱的一句诗。初读意境简单，念久了能体会其中悠长的韵味。连绵整天的雨一直在下，春日慢慢在时光中耗尽，等天一放晴，才发现原来已到深夏。

他们一起在花木繁盛的时节来到人间，连名字读起来都是一首诗，一个不可分割的整体，一种怎么也斩不断的血脉亲情。

可他当了十四年的方木深，却不是方木深。

方木深从水里猛地坐起来，湿淋淋的手指还没有擦干就直接拿起放在一旁的手机，披上浴衣，点开陆城遇的号码拨了过去。

没人接。

于是一遍一遍锲而不舍，直到那头响起一个暴躁又散漫的低哑男声："有话快说！"

方木深看了眼墙上的钟，凌晨四点半。如果不是有十万火急的事情，这个时候打电话确实不太厚道。

但很显然，他就是什么事情也没有。

"方木深……"

陆城遇原本就睡眠浅，被这么一闹，睡意也渐渐消散，他叹了口气："你现在在哪儿？"庆功宴上可是连个鬼影也没看见。

"夏家。"方木深说。

"难怪……"陆城遇对他的同情油然而生，被吵醒的怒气也跑光了，"这么晚不睡觉，你是不是又被夏觉晴给虐了？"

方木深："……"

陆城遇和方木深在美国的这七年里，太过巧合，两个人住的地方只隔了一条小街。原本在国内交集不多的两个少年，在异国他乡反倒慢慢相熟起来，偶尔帮衬，陆城遇是方木深为数不多的几个朋友之一。

陆城遇对夏家这对姐弟这点破事，想不了解都难。

"行了，你都被虐了这么多年，习惯就好。"陆城遇俨然一副过来人的语气，劝说，"现在洗洗睡吧，不然明天怎么继续战斗？对了，这次回来还会走吗？你是不是想要留在国内发展？"

"嗯。"

陆城遇早猜到是这个答案，也没多说："我这段时间也会待在荣城，公寓的住址我发到你手机上，有事过来找我。"

"好，知道了。"

"现在赶紧睡觉，我要关机了。"

不到一分钟通话就已经结束，方木深埋进被子里，闭上眼睛自我催眠进入梦乡。

而此时，另一头陆城遇躺在床上已经睡意全无："这家伙打电话过来，加起来也好像没说满十个字吧？"

那他三更半夜打电话给他究竟想要干什么！

此种行为，简直令人发指！

陆城遇揉揉眉心，交友不慎。手掌带着鼠标移动两下，电脑屏幕重新亮起来。旧海论坛上的页面打开，一条消息自动弹出来。

悄无声息："骗子先生，我看你的地址显示是在荣城，现在是不是已经回国了？"

陆三："对，才回来不久。"

悄无声息："我也在荣城，好巧！"

陆三："这个点还不睡？"

悄无声息："早就说了，我严重失眠啊，只是你不相信罢了，骗子先生。"

陆城遇手指停顿，许久没有敲出几个字来，第一次对自己的判断产生了怀疑。在他的潜意识里，从一开始就把撒谎精小姐所说的话当成谎言。

但如果，她说的都是真的呢？

从十岁就开始失眠的孩子，因为家庭原因，需要长时间依赖药物辅助睡眠。如同患有难以根治的恶疾，至今未痊愈。

一个字，一个字，在对话框里敲出来，光标在有节奏地跳动着：

"撒谎精小姐，我们要不要见一面？"

02."我想要跟你多待一会儿，不可以吗？"

纪念馆的馆身建筑一半，尚能识别出大致的轮廓，应该是个帆船的形状。只是多年风吹日晒，已经残破不堪，高高的杂草长在面前，挡住了去路。

叶悄和陆城遇两人按照约定的时间准时到达，只是两人看上去精神都不太好。

"昨晚没睡好吗？"

"嗯，凌晨的时候被人吵醒了。"陆城遇问，"你呢？"

叶悄无可奈何的表情："我睡眠质量一贯不好啊……"

"严重的话应该及时治疗。"

"是难以根治的顽疾。"叶悄笑着说，一瞬间让人无法分辨出来她是否只是在开玩笑。

陆城遇脑子里立刻想起旧海论坛上的"悄无声息"。昨晚不知道为什么，他鬼使神差地向她提出了见面的邀请。

"已经开始相信我了吗？骗子先生。"而她一语中的，或多或少猜透了他对她油然而生的怜悯。

他们从刚认识的怀疑，经历一个漫长的时间过程，慢慢对彼此产生了信任。

"如果你真的拥有强大的催眠能力的话，我可以考虑看看啊……"模棱两可的回答，她似乎也还在犹豫。

陆城遇捡了根细长的树枝在手里，拨开两边及膝的杂草。

他走在前头替叶悄开路，偶尔回过头来跟她说话："我没有出国前的每个周末，都会从山上的画室里溜出来，跑到这边来看看，当时还没这么荒凉，虽然也已经停工了，但还是有许多人慕名而来……"

在陆城遇心里，这座纪念馆永远与林秋漪有密不可分的关联。少年时期固执的行为，只是因为太过于思念下落不明的母亲。

叶悄发现这时候口才无用，她无法安慰他。

两人从正门入内，发现里面四处都是散乱的沙砾和水泥，打磨好的光滑的岩石堆砌在墙角，天光从尚未封好的馆顶洒下，忽明忽暗，空气中飞舞的尘埃无处遁形。

叶悄有种在古堡探险的感觉。

顺着盘旋的石梯，本来想去最高处看一看，却意外地被墙壁上的一道小侧门所吸引。叶悄迟疑地拧了拧把手，往外一推，门吱呀着开了。

这地方居然是一个别致的小天台。

林秋漪当初设计时，不知出于何种目的，开拓出这样一片小天地。形状不规则的区域，连台阶也是高低不平的，像琴键上跳跃的音符，和纪念馆整体较为严肃庄重的风格也不太搭。

但却是一个让人莫名感觉到舒服的地方。

叶悄才往里走了两步，听见"啪嗒"一声响，铁门关上了。

"糟糕，打不开了！"她跑过去拧门把手，发现了这个重大问题。

陆城遇不以为意："门可能是坏的，从外面打开容易，出去就很难了。我记得以前就是这样。"

"那你刚才怎么不说？"

陆城遇十分无辜的语气："刚刚忘记了。"

他朝她笑得灿烂而迷惑人心，叶悄发现自己对着眼前这张脸，说不出任何责怪和抱怨的话来。

果然，皮相惑人。

"难道今天我们要被关在这里过夜？"

"那倒不用。"陆城遇说着，拿出手机给在荣城的朋友打电话，大致说明了情况，让对方过来救急，但是至少还要等个二十分钟。

"咦……你看那边在干什么？"

叶悄站在天台边缘远眺，纪念馆的东边黑压压一片好像是在游行，聚集了不少人。距离隔得有点远，看得也不是很清楚。

"那边有所学校的学生出事了，校长逃匿，现在找不到人，应该是家长聚集在校门口找说法。"

陆城遇刚才过来时正好路过。

叶悄在他身边坐下来，看他随手捡起石子，在粗糙的水泥地上随手几笔，已经勾勒出一栋楼房的轮廓和外观。叶悄一个门外汉，也看得津津有味，风把他的衬衣吹得微微鼓起来，她隐约闻到一阵淡淡的清茶香。

她作为一名调香师，嗅觉一向敏感。

"受我母亲影响，这是我小时候常玩的游戏——画房子。"他说。

叶悄笑道："我可不懂，但我小时候倒是有一种游戏，叫跳房子。找根粉笔在地上画九个格子就可以了。"她一边说着，真的就捡起石头在旁边的空地上把格子画了出来。

陆城遇看她一个人在眼前蹦蹦跳跳，脸上不自觉地带了笑。

叶悄消耗了不少体力，又坐回原处。看时间，半个小时已经过去了。

"你朋友怎么还不来？"

"大概是因为路上堵车了。"陆城遇停顿了一下，"也许还没出门也说不定，他的突发状况太多了。"

"啊？"这么不靠谱，叶悄蒙了，"那我们怎么办？"

"我知道……好像还有另外一个出口。"

叶悄顿时在原地石化。

陆城遇一脸"你当时没问我，我也就没想起来"的表情。

"我当时忘记告诉你了。"

这样的说辞，叶悄要是再相信，那才真是见鬼。

后知后觉地明白过来，自己这是被陆城遇坑了。

"我想要跟你多待一会儿，不可以吗？"低低的嗓音朝她压过来，他笑得像个大男生，一脸阳光灿烂。

叶悄心里一跳，赶紧走到前头去。他却跟在后面锲而不舍，郑重其事地叫她的小名："悄悄——"

她恼羞成怒地回头，细软的头发被风吹得凌乱，遮住半张微红的脸，眼睛里却盛满了藏不住的窘迫，故作镇定："算了，原谅你了。"

Section 06 ———
- 你可不可以做我女朋友?

01. "骗子先生,我们见面吧。"

两人从纪念馆出来,回去时路过之前看到的那所学校,聚集的家长还没有散开,强烈要求校方给一个说法,情况越演越烈。有几个老师从里面走出来,马上就被家长团团包围住了,学校的保安根本没办法近身。

有个站在外围的女家长,原本是来示威的,但精神不济,混乱中被前面的人后退推了一把,立即倒在地上昏过去。

众人忙着找学校麻烦,没几个顾得上她,有稍微热心肠一点的打了电话叫120。

叶悄看不下去,和陆城遇一起开车把女家长送去了附近的医院里。

医生说是因为太过劳累，再加上长期营养不良导致的。

巧合的是，听护士长说起，她家孩子也在这家医院住院。

"他们家家庭条件不好，孩子是从学校送过来的，结果检查出了很严重的皮炎，也住了好几天的院了，但是一直没钱用药。还有好几个学生都是这样，个别的查出来是淋巴癌和白血病，已经转去大医院了……"

女人名叫冯绣葵，据说前夫是不幸出车祸去世的，现在的儿子是二婚以后好不容易才生下的。

叶悄和陆城遇一起去冯绣葵儿子的病房，还在门外就听见一阵痛苦的号叫。

那孩子因为皮肤溃烂，疼痛难耐，父母又不见人影，一个人躺在病床上狂躁地发脾气砸东西，把值班室的护士引来，被狠狠地骂了一顿，缩在床上忍不住低声地哭了出来。他看见有陌生人进来，难为情地把眼泪擦干，装作什么事情也没发生过。

"你妈妈是冯绣葵吗？"叶悄问。

男孩立即露出戒备的目光。

"我们没有别的意思，只是恰好认识你妈妈，所以过来看看你。"陆城遇说。

男孩咬着嘴唇，怀疑地打量两人。

叶悄却发现他脸色苍白得不太正常，额头被汗水浸湿，冷汗涔涔，说话的声音明显不稳，突然又激动起来："你们赶紧走！我不认识你们！我妈妈也不认识你们！"

　　叶悄伸出手试探他额头的温度，却被狠狠地挥开，往后一个趔趄，陆城遇扶了她一把才站稳。

　　男孩只动了一下，牵动发炎的皮肤让他顿时疼得打滚，陆城遇两手锁住他的胳臂，把人制住。

　　叶悄焦急地跑到走廊上叫人，回来后，却发现方才还满脸痛苦的男孩，已经闭上眼睛睡着了。

　　两个护士赶来，一脸的莫名其妙："这不是睡得好好的吗？"说完又不耐烦地走了。

　　叶悄满眼复杂和困惑的神色，她望着陆城遇，心里已经察觉到异常。

　　怎么可能呢？

　　一分钟前还情绪异常暴躁的男孩，现在却安安稳稳地躺在床上进入梦乡。叶悄想起初次遇见陆城遇的那次，葛亦勋女友的拉布拉多犬莫名其妙地就睡着了。还有在陆家见面时，他怀里呼呼大睡的猫……

　　如果一次是巧合，那么一而再再而三，也纯属偶然吗？

　　七年前，刚在旧海论坛上认识骗子先生陆三，曾经和他的一段对话突然从叶悄的脑海中冒出来：

　　"如何拯救失眠者？"

　　"看着我的眼睛。"

　　"按你的意思，你的眼睛能够催眠，使人入睡吗？"

　　"可以。"

　　"那动物呢？"

"也可以。"

她一贯称呼陆三为骗子先生，那么，如果他说的都是真的呢？
正如现在站在她面前的陆城遇一样。

叶悄回家之后立即翻出昨天和陆三的对话，她不知道自己抱着怎样的想法，一个字一个字地问对方："你说见面那事，到现在为止，还有效吗？"

陆三的回复速度又简洁："有效。"

"那明天下午五点，渭琴河公园见？"

"好。"

叶悄盯着屏幕上那个"好"字看了半晌，给自己灌了一大口冰水，风从漆黑的窗口涌进来。照旧吞下颗安眠药，躺在床上酝酿睡意。

半个小时后，睁开眼睛，还是一片清明。

她爬起来，不得不加大剂量，药片从喉咙口咽下去的时候有恶心的感觉，差点吐出来。手机"叮咚"一声，是葛亦勋的短信："我们还有可能吗？"

恶心的感觉更加强烈了，叶悄不客气地回他："滚你大爷！"

葛亦勋字字充满控诉："你就不念一点旧情吗？"

叶悄冷笑："咱们已经分手了，你再给我玩暧昧，我现在就把短信截图发给八卦杂志社，明早的头条就是葛家少爷的劈腿门。"

"叶悄！你有必要做得这么绝吗？"

"对待前任这种生物，我一向觉得用不着手软。"

"你给我说实话，你是不是交新男朋友了？"

叶悄思考了一下这个问题，然后飞速地打出几个字："就快了……"手指一划，已经把葛亦勋拖进黑名单。

02. 三小时零七分钟，他们完成了第一个吻。

第二天是个大晴天，阳光能把人融化的那种大晴天。叶悄打着伞走在路旁的林荫下，喉咙发干，知了在耳边聒噪地叫个不停，忽然真切地感觉到盛夏来临了。

渭琴河公园有两个最著名的地方，荣城最大的咖啡厅和最高的蹦极场所，周末往往人满为患。今天刚好是星期一，又加上日头毒辣，公园门口倒是游客寥寥无几。

叶悄坐了缆车上山，五分钟后到达咖啡厅，还不到约定的时间。推门进去，冷气扑面而来，瞬间包裹住她的皮肤，强烈的温差让她顿时打了个战。放眼望去，叶悄只看见几对情侣和带着小孩的父母。

服务生走过来："您好，请问几位？"

叶悄说："两位。"又不假思索地补充，"我得等等他。"

毕竟时间还没到。

刚刚说完，离她最近的前方的位置上，有个穿深色衬衫的男人站了起来。

他早到一小时，无所事事，原本低头在画"门前大桥下游过一群鸭"，这时候听见熟悉的声音，指间还架着的素描笔没来得及放下，回过头来，声音含笑："不用等，我已经到了。"

是陆城遇。

臆想中所有的巧合都成真，叶悄有片刻的失神。

"你是旧海论坛的陆三？"

"是。"陆城遇点头。

"骗子先生？"叶悄再三确认。

"是的，"陆城遇打量她有趣而复杂的表情，"撒谎精小姐。"

"你好像一点都不惊讶我就是'悄无声息'，是什么时候猜出来的？"

"昨天。"陆城遇说，"在医院的时候你对那孩子突然睡着产生了怀疑，我一回家，就收到了'悄无声息'的消息回复，我想——你和她很有可能就是同一个人。"

叶悄继续一脸凝重，尽管和陆城遇一样事先有过大胆的猜测，但一切摆到眼前来，她还得好好地捋顺一下，花点时间接受这个现实。

"你这个反应，我会很受伤。"陆城遇搅动杯子里的咖啡。

"嗯？"

"我原本以为你会很高兴陆三是这样一个赏心悦目的男人，而不是一个糟老头。但你似乎没我想象中的高兴。"铅笔在木桌上轻轻敲了两下，陆城遇似乎想到一个主意，把面前的素描本推到叶悄面前。

叶悄一看，顿时忍俊不禁。

"门前大桥下，游过一群鸭。"纸上几只小鸭子在奋力地划水，连脚掌都是胖嘟嘟的模样，栩栩如生，旁边还标着几个扭来扭去的音符。

总之，叶悄被一秒钟逗笑了。

"这就对了，"陆城遇说，"你就该这样笑的，悄悄。"

他一说话，对面的她又面红心跳。

作为一个建筑设计师，叶悄原本以为他会在纸上画高楼大厦或者水榭楼台。但他没有，他随手就涂鸦出一幅逗趣的漫画，以备不时之需，拿出来专程哄一个人开心，很少有女生能抵御这种出其不意的浪漫。

叶悄蓦然发现，陆城遇这人的杀伤力太大了。

"既然来了这边，喝了咖啡，有没有兴趣再尝试一下蹦极？"陆城遇适时地把这个问题抛出来。

叶悄是感兴趣的，她喜欢挑战新奇的东西。

她做好了心理准备，和陆城遇一起乘着升降机到达跳台。

216 米的高空，站在这里可以俯瞰整座荣城。脚下四面是环绕的青山和湖泊，苍绿和普蓝色交织在一起，织成一条绸缎。

叶悄腿发软，但还是往前走。

"你们俩要一起跳吗？"工作人员询问，"这边是允许两人一起跳的，很多情侣恋人都来体验过。"

"可以吗？"陆城遇询问叶悄。

我们好像不是情侣关系。叶悄瞬间想到的是这个，但又觉得无所谓，多一个人也不那么害怕。

"好啊。"她一脸大义凛然，视死如归。

穿戴好安全设备，叶悄和陆城遇贴得极近，胸膛贴着胸膛。两人不知道谁的心跳如打鼓，陆城遇忍不住笑："你好像很紧张？"

叶悄分不清楚这种紧张是因为即将从高台上跳下去，还是因为和眼前这个人如此贴近。

往下跳以后，地心引力让身体迅速下坠的刹那，他们不由自主抱紧彼此。叶悄觉得整个世界只剩下陆城遇，有那么一秒，她想放开嗓子彻底地尖叫。最后他们倒挂着，在清澈见底的湖泊上方悬荡。

"悄悄，"陆城遇把握时机，"你可不可以做我女朋友？"

叶悄的脑子里一团糨糊，还没有完全从蹦极中缓过来，表情懵懂，充满了困惑："你说什么？"

"你可以答应做我女朋友吗？"陆城遇显得无比耐心。

"会不会太快了？"叶悄下意识地问。

"不会，我们刚刚共同经历了生死。"夕阳挂在山头上，橘色的光晕把他们包裹，底下的湖水中如海市蜃楼般倒映出瑰丽而绚烂的晚霞，而他的眼中倒映出她。

他顿了一顿，继续说："而且，我们已经认识有七年了，再耽误下去，我觉得——天理不容。"

叶悄这才发现他是一个诡辩论者。

即便倒挂着，这张脸还是英俊得足以降低人的防御力，这一刻的心跳频率不会比蹦极时的慢。她有种踩在云端的眩晕感，声音飘忽，带着极大的不确定因素问他："你觉得我们俩合适吗？"

陆城遇立即下了判定："不会有其他人比我们更加适合对方了。"

叶悄问："为什么？"

陆城遇像在解释一道论据充足的数学证明题："你失眠，我催眠，天然无公害，没有半点副作用。"

"对于你，我或许是比安眠药更管用的存在，所以你要不要考虑一下？"

这对于一个重度失眠患者来说，诱惑力太大。

不用考虑了，如此契合，叶悄简直觉得这就是上天的旨意。

她点头说："好啊！"

于是在落地之前，叶悄已经成为陆城遇的女友。

碰面不到三小时，一幅简笔画，一次蹦极，骗子先生成功俘获一枚撒谎精小姐，天造地设，为民除害。

一起坐着缆车下山时，头顶的广播里在唱"爱情来得太快就像龙卷风，离不开暴风圈来不及逃"，叶悄扭头看窗外，陆城遇似笑非笑地看她。混到今时今日，还是禁不住老脸一红，她恼羞成怒："你看什么看！"

后颈一沉，被人猝不及防地拉近，声音全被堵住，她陷入一个轻柔的吻中。

双手无处安放，马上被骨骼修长的手指缓缓扣住，如同呼吸交缠在一起。青山在窗外掠过，暮色和歌声中，她忘记了呼吸，心跳紊乱到无法思考。

而陆城遇替她记住了时间，三小时零七分钟，他们完成了第一个吻。

Section 07 ——
- 你想要我怎么报答?
- 我想和你睡觉。

01. "以后多进行身体接触,你习惯就好了。"

只是隔了一天,叶悄和陆城遇同去医院探望冯绣葵时已经换了一种身份,男女朋友。她走在他身边,束手束脚,不知道该怎么和他相处。

明明是谈过了几次恋爱的人,一见对方脸就发热的状况,她还是头一次出现。

陆城遇突然停住脚步,侧头看她:"和我谈恋爱你很紧张?"

"啊?"叶悄被问得一愣。

他的手轻轻揽住她肩膀,把两人之间的距离缩短为零,带着她往前走。

"没关系，咱们以后多进行身体接触，你习惯就好了。"

叶悄："……"

护士长对叶悄和陆城遇这一对印象深刻，见他们过来找冯绣葵，主动地说："妈妈已经没事了，只是儿子的皮炎一时半会儿好不了，还要等进一步的观察。"

陆城遇点点头，主动去交了医药费。

叶悄看不太明白他的所作所为，萍水相逢，他对这对母子的态度可谓是关心过了头。那天从医院出来以后，她以为事情就算揭过，毕竟作为好心的路人把病患送进医院，善举已经可以到此为止了。

她万万没有想到，陆城遇之后还会来探望。

太过热心肠，并不像是陆城遇会做的事情。

"你……是不是之前认识他们？"叶悄问，"不然也不至于过来探望第二次吧？"

陆城遇夸她："虽然咱们俩相处不久，但是目前看来，你已经比较了解我了。"

他们的步调一致，脚步声重叠在一起，他朝她露出一个浅笑："看来你平常没少观察我啊，你一定很喜欢我吧？"

叶悄一滞，哑口无言。

"你不亏的，因为……"陆城遇摸着她头发，"叶小姐，我也很喜欢你啊……"

叶悄终于后知后觉地发现，陆城遇除了催眠，还擅长一本正经说情话。

"所以你到底认不认识他们啊？"

"嗯，认识。冯绣葵的前任丈夫郭远，是我妈妈曾经唯一收过的学生。"

冯绣葵见到陆城遇时，千恩万谢，让出病床边的塑料椅让叶悄坐。

病床上的男孩醒着，正在输液，可能因为那天自己无理的态度而感到不好意思，一声不吭地低着头，使劲盯着被子看。叶悄真担心被子会被他盯出一个洞来。

"陆先生，孩子不懂事，你别介意。"冯绣葵笑着跟陆城遇赔不是，"那天的事我醒了后听护士说了，多亏了你们……"

陆城遇接过她端来的一次性水杯，说："冯姨你不必客气。"

冯绣葵听到这个称呼，一脸震惊，不太明白地望向陆城遇。

"咱们能否借一步说话？有几句话，想向您打探一下。"陆城遇开门见山地说，难得用了尊称。

冯绣葵一头雾水地跟着他走了出去。

午后的楼道里空荡荡的，没有人，寂静得出奇。

陆城遇接下来的一句话让冯绣葵变了脸色，他说："我是林秋漪的儿子陆城遇，不知您还记不记得我妈妈，她曾经是您前任丈夫郭远的老师……"

冯绣葵对林秋漪的名字非常抗拒，一秒钟翻脸不认人："你还敢出现在我面前！林秋漪把老郭毁了，把我们家拆散了！要不是她，我今天怎么会沦落到这种地步！你居然还敢出现在我面前，还敢跟我提林秋漪！"冯绣葵十分激动，上前想要揪住陆城遇的衣服，却被他一闪，躲了过去。

叶悄在不远处的走廊上，听到这边的争执声赶过来，没想到情况已经演变成这样，连忙去拉开冯绣葵。

冯绣葵由发怒转为大哭，扯着衣服袖子擦眼泪："我家老郭当年要不是因为你妈，能落得这么一个下场？你们陆家没一个好东西！"

叶悄没太听明白，但听着像是宿仇。她脚下高跟鞋不留神在楼梯上踩空，脚下一崴，身体就往旁边歪了。

"小心！"陆城遇眼疾手快地揽住她的腰。

也就是两人这么一倒一接的刹那，冯绣葵抄起角落的铁簸箕，朝他们这边砸过来——

陆城遇的瞳孔骤然紧缩。

"哐当！"

冯绣葵手一松，簸箕掉下来摔在地面瓷砖上。她似乎不明白发生了什么，神情错愕地看着自己的手，似乎也被狠狠吓了一跳。

趁着冯绣葵晃神的片刻，陆城遇一脚把武器踢开："冯阿姨，你先好好冷静一下。等你冷静下来我们再谈。你要知道，刚才你差点犯罪伤人。"

冯绣葵像被一盆冰水从头浇下，一身火焰全被熄灭，只剩下惶恐，瑟瑟发抖。

陆城遇蹲下来把叶悄的鞋脱下，仔细地看了看她高高肿起的脚踝，手指轻按了两个部位，疼得叶悄龇牙咧嘴表情丰富，他绷不住笑："得去上点药。"说完拎着她的鞋子，再一把抱起她。

叶悄忘了疼，激动地说："竟然是公主抱！我长这么大还是头一次被人公主抱！我以前崴了脚，都是自己一瘸一拐走回去的！"

陆城遇说："这么可怜？"

叶悄用力地点头。

陆城遇说："那你有没有觉得，没有早点遇见我，真是人生的一大遗憾？"

叶悄认真思考了一下，继续点头："特别觉得。"

陆城遇感叹："为了让你的人生不留遗憾，看来你得抓牢我才对啊……"

叶悄闻言，环在他脖子上的双手不自觉地紧了紧。

陆城遇感受到她的小动作，颇为满意地笑了。

02. 自从七年前遇见你，我就觉得命运很神奇。

医生检查开了药之后，说要回家冰敷最好，陆城遇认真记好了对方交代的，直接开车把叶悄带回了自己公寓。

叶悄紧张到咽口水，孤男寡女，共处一室，情况不太对。

陆城遇按亮玄关处的灯盏，回头就见她单脚站得笔直，杵在门框边上一动不动。

陆城遇觉得好笑，禁不住逗她，意有所指："你很害怕？"

叶悄仰头，瞪眼，嘴皮子利索："开玩笑，怎么可能呢！"

"放心，我暂时不会对你做什么。"陆城遇过去扶她，把人领进门，在沙发上坐下，"我估计你行动不太方便，今晚我可以先照顾你，总比你一个人瘸着腿在家要好。"

陆城遇去冰箱取冰块，叶悄趁机打量他的私人空间。

现代简约风，灰白黑三色为主色调，和她想象中的差不多。墙上除了壁灯做点缀，唯一的装饰品是一幅巨大的泼墨山水画，万重山和千层塔，缭绕的云雾和斜飞的雁群，气势恢宏。

画下方盖了个红色的章，还题有几行诗。

叶悄眼力不够，瞧不出是出自于哪朝哪代哪位名家之手。

脚踝上突然传来凉意，陆城遇已经坐回她身边，淡淡解释道："那是我妈画的。她喜欢国画、篆刻和木雕，并且精通。"

叶悄只知道林秋漪是个天才级别的建筑设计师，但没想到她天才到这种程度。想起今天在医院冯绣葵说的那些口不择言的话，她更加疑惑。在叶悄心里，林秋漪就像一个解不开的谜团。

陆城遇看出她的困惑，替她解惑："我知道的其实也只是冰山一角……

"冯绣葵的前夫郭远是个在建筑设计上很有天赋的人，我以前听我妈提起过。她那种人，天赋异禀，眼界高，从不收徒弟，却为郭远破了例，师徒两人也比较投缘。在我妈妈出事之前，郭远一直跟着她学习……后来出事，我妈失踪，郭远好像也一直在寻找她，但在这个过程中不幸出车祸去世，两家的联系就这样断了。

"如果不是前几天偶然遇到冯绣葵，我也已经快要想不起郭远这个人了……"

这样说来，冯绣葵突然爆发也就解释得通了。

前夫间接性因为林秋漪而去世，使得她原本的家庭分崩离析，她不得不改嫁他人。而改嫁后的生活过得并不如意，日子贫苦拮据，冯绣葵迁怒陆城遇也算情有可原。

叶悄想想楼道里的一幕，仍旧惊魂未定，反射弧奇慢，这时候才进行自我反思："我那会儿差点帮了倒忙，关键时刻崴脚，简直要人命。要不是冯绣葵手滑，那铁簸箕砸下来估计得……"

"她不是手滑。"陆城遇打断她。

叶悄不太懂他什么意思。

"不是她手滑？"

陆城遇的语气充满了极大的怀疑和不确定，他猜测道："我觉得……当时很有可能是我的意识控制了她。"

"我原本是想瞬间直接催眠她，但我的第一反应是阻止她，让她松手。"陆城遇说，"但我没有想到，她竟然会真的松手。"

他望着叶悄："这很有可能与你有关，悄悄。"

叶悄脑海里轰鸣，找不着北，她发现事情已经在往匪夷所思的方向发展，机械地重复陆城遇的问题："和我有关？"

"对，你使我的催眠术升级了，我好像已经可以开始控制人的意识了。"

屋内安静得仿佛绣花针落地都能够听见，空调发出些微的响声，冷气沉淀下来，室内适宜的温度让皮肤感觉到很舒服。叶悄半躺在麻灰色的沙发上，因为这句话陷入了沉思，她受伤的那只脚还被陆城遇托在掌心里。

叶悄倏然感觉到，有一股强大的命运的力量把她和眼前这个人绑在一起。

她觉得喉咙有点干，因此说话的声音听起来比往常要低一些："不知道为什么，我感觉很奇妙。"

"嗯？"

"城遇，自从七年前遇见你，我就觉得命运很神奇。我不知道，你是否和我有同样的感觉。"

03."我想和你睡觉。"

叶悄和陆城遇做了诸多实验，来证明陆城遇的这个发现——当她在身边，离他极近时，他的催眠术能够控制生命体的意识。

简单一点来讲，以前的陆城遇只能纯粹地催眠，让人和动物瞬间睡着，进入睡眠状态。而现在如果叶悄离他足够近，他能闻到她的气息，感知到她的存在，那么他就能够进一步地控制对方的行为。

他能够让一直馋到流口水的猫在小鱼干面前止步，死死盯着，就是下不去口；他能让号啕大哭的小屁孩一秒钟止住眼泪；他能让正在行窃的小偷突然顿住……

他能用自己的意念，控制别人的意识。

但是也有致命的缺点。

倘若对方本身的意志力足够强大，他控制时，会损耗自身的精神力。

例如这次在法庭上，他让私立小学的校长当众承认错误，坦言当初因为贪图便宜，租赁废弃化工厂为学校新址，导致近 600 名学生检查出血液指标异常，其中大部分学生患上皮炎，还有个别查出淋巴癌和白血病。

该校区地下水、空气均检查出污染物。

冯绣葵和众多家长都在现场听审，一个个恨不得冲上去把校长揪住揍一顿，尽管有警员维持秩序，现场还是十分混乱。

叶悄只注意到陆城遇的脸色渐渐变得苍白起来，她抓住他的手，发现他掌心潮湿，满手的虚汗。

"你怎么了？是不是不舒服？"

陆城遇不得已把身体的重量转移一部分到她身上，倚靠着她的肩膀："悄悄，我们赶紧回家吧……"他凑近她耳朵仿佛在分享一个有趣的秘密，轻如羽翼的呼吸喷薄在她的耳郭，分外撩人，"我要是这时候晕倒在你面前，好像挺丢人的……"

叶悄暗暗咬牙，这妖孽！

陆城遇醒来时，已经到了晚上。

他像经历过一场宿醉的人，脑袋沉重，手指摸到床头柜上的水杯，无意识地一口一口喝，咽下去之后才发现是甜的，温热的蜂蜜水。

然后他睁开眼睛，首先看见的是摆在床头的一小束天竺花，这让他意识到原来不是在自己卧室里。

一眼望去，发现整个房间带着很强烈的属于叶悄的个人色彩。比如窗台上各式各样的香水瓶，地毯上摊开的漫画书，还有衣架上挂着的米色外套。

陆城遇正打量着，叶悄啃着一个拳头大的桃子走了进来："咦，你醒啦？还有哪里不舒服吗？"

陆城遇拍拍身边的位置，示意她坐过来。

叶悄试探了一下他额头的温度："你刚才还有点低烧，我不敢乱给你吃药，现在好像差不多了。"

"不用担心，应该没什么事了。"陆城遇缓过那阵头昏，已经恢复得差不多了。

"你为什么会突然这样？"

"可能那位校长坏事做多了，心理素质太好，我控制他说话时明显感觉到了他精神上的抵抗。我虽然能控制他，但是显然自己也会有所损伤。"

叶悄继续啃了两口桃子说："那你以后还是少用你的特异功能比较

好。"

陆城遇说:"这个其实你更有控制权。"

叶悄问:"怎么说?"

陆城遇说:"只要你离开我,我的杀伤力基本为零,顶多催个眠而已。但是你在,那就不同了,我会变得比较强大。"

叶悄听了不禁有点小小的得意,眼睛里都盛满了笑,嘴边的弧度不断地上扬:"原来我的作用这么大啊……"

"其实……有没有可能是我调的某款香水让你的催眠升级了?"叶悄百思不得其解,"或许只是那种味道恰好能够刺激到你罢了……"

"不是。"陆城遇笃定地说,"你有没有发现你作为一名调香师虽然热爱着你的职业,生活中的大部分时间都在和各种各样的香水打交道,但你自己使用香水的次数并不多,而每次只要我和你待在一起,我就能控制对方意识。"

"所以,"叶悄下结论,"你的意思是,无关任何外界原因,而是我本身,就对你管用?"

"回答正确。"陆城遇说。

叶悄很会顺着杆爬:"这样说来,你该怎么报答我?"

"你想要我怎么报答?"陆城遇把问题抛还给她。

桃肉都啃干净了,手里只剩下一个桃核,叶悄抛出一条弧线,将其准确地扔进垃圾桶里,眨了两下眼睛说:"我想和你睡觉。"

饶是陆城遇再淡定,也被这姑娘豪放不羁的要求给惊了一把。

叶悄烧起一把火，犹不自知，下一秒已经被天旋地转地压倒在凌乱的被窝里，她说话终于开始打哆嗦："你、你干吗？"

陆城遇双手撑在她两侧，居高临下："你不是说想和我睡觉？"

叶悄赶紧解释清楚："我的意思是，让你也给我催个眠什么的，让我好睡个安稳觉。"

"是你自己说话很有歧义。"陆城遇这次似乎没打算轻易放过她，口无遮拦，不让她长点记性怎么行。

识时务者为俊杰，叶悄的认错态度比谁都好："是我刚刚说错话了。"

陆城遇说："晚了。"

"悄悄，你应该建立自我保护意识。"他带着惩罚和警告的意味吻下去，水蜜桃的清甜瞬间在舌尖蔓延散开，不由自主，渐渐深入，他听见她紊乱的呼吸声和胸腔里加剧的心跳。有那么一秒，他想完全剥夺她的氧气，让她溺死在他的怀里。

情不自已。

窗外月色氤氲，火车汽笛声在夜里无限拉长，从遥远的地方飘过来，抵达耳边只剩下一缕不太真切的幻听。几只飞蛾被屋内的灯光吸引，趴在窗户玻璃上，挥动了两下灰白的翅膀。

一个突如其来的电话，打断了这个漫长的吻。

锲而不舍打来第七遍时，陆城遇松开叶悄，拿着手机去了阳台。

他语气一贯平静，但若仔细听，平静中蕴含有不满："喂？"

那头的夏觉晴也很直接，丝毫不跟他绕弯子，半句废话也没用："奶奶刚才打电话给我了，她估计还想要咱们俩凑一对。我解释不清，你记得自己跟她说明白。"

陆城遇转头看了眼屋内的叶悄，说："是该说明白了。"

陆城遇和夏觉晴这两人，同一年出生的，因陆、夏两家关系亲密而常被看作一对。以往他们彼此也懒得解释，有必要的时候，甚至会理所当然地拿对方当挡箭牌。

比如七大姑八大姨操心夏觉晴的婚事，准备替她安排一场相亲时，她就会含糊地说："不用了，我最近跟城遇走得挺近的。"

比如陆城遇要拒绝某个女生时，他会掏出手机亮出夏觉晴的一张照片说："我暂时还没有移情别恋的想法。"

至于两人的真实相处状态是——相看两生厌，相互不待见。

"你是不是交新女友了？"夏觉晴听陆城遇电话里划清界限的意思，猜测道。

挡箭牌当久了，总该生出点默契来。

陆城遇坦言："嗯，是啊。"

夏觉晴问："那位叫叶悄的？"

"猜得还挺准。"陆城遇不动声色地给她施加压力，话里透着几分炫耀和幸灾乐祸的意味，"以后我就是有家室的人了，不能再帮你挡桃花真是很抱歉……"

夏觉晴气得要挂电话。

陆城遇叫住她："对了，我也有个事要交代你，多关心关心阿深。

他作为你弟弟，可没少吃苦头。"

　　"弟弟"这个称呼再一次深刻而强烈地刺了夏觉晴一把，在她破口大骂发飙之前，陆城遇抢先一步终止了这场对话。

Section 08 —

– 有我好看吗?
– 全世界你最好看。

01. "我怎么可能会轻易放过你。"

夏家。

夏觉晴一手撑在料理台上，指骨"咔嚓"响了一声。她把手机塞进睡衣口袋里，继续把水池里的葡萄清洗干净。

一口一颗，用牙齿狠狠咬碎。

她端着果盘和一杯冰牛奶上了二楼，走到长廊末尾的房间，准备去影音室看一场电影。

陆城遇的话多少让她有些失措，这些年里，不论她如何百炼成钢，方木深就像一剂毒药，轻而易举地腐蚀掉她的盔甲。

光是名字，就能把她刺痛的人。

夏觉晴没有想到影音室会有人。等她开门进去，看见盘腿坐在地毯上写剧本的方木深时，她愣了一愣。

顿时进退两难。

她不知道方木深在家。

尽管内心再慌乱，外表还是强大到无懈可击。至少从夏觉晴脸上看不出半点情绪的起伏波动，仿佛视方木深为空气。

她脚步一转，已经准备退回去。

"你不是准备来看电影吗？"他的声音从身后传来，暗含挑衅，"怎么，我在这里让你很不方便吗？"

夏觉晴重重地闭了一下眼睛，还是不甘示弱，重新走了回去。

她随便挑了一部老片子放，周围的灯光熄灭，她盯着大屏幕出神，注意力已不在女主角弹奏的那支圆舞曲上。

方木深专心敲打着键盘，十指匀速，仿佛完全没有受到任何干扰。

他离她不过一米。

只是一个盘腿赖在地上，一个腰挺得笔直坐在沙发里。

冷气开得十足，房间里备下的唯一的一条线毯正搭在方木深的膝盖上。

夏觉晴裸露在外的手臂上起了一层鸡皮疙瘩。她扫视一圈，根本找不到空调遥控器，不知道被方木深藏哪儿了。她嘴巴里的葡萄变得涩口，且格外酸。

她搁在手边的马克杯突然被拿起来。

方木深回头，伸手轻轻松松就够到了。根本不等夏觉晴反应，他像小孩子之间抢东西一样，迅速地仰头把牛奶往嘴巴里倒，"咕噜咕噜"好几大口咽下去。

冷意一路从喉咙渗到空空的胃里，方木深打了个寒战，然后抱着线毯站了起来，自如地坐到了夏觉晴的旁边。

他双腿全部缩到沙发上，依旧盘着腿，只是给自己裹上毯子的时候分出一半给了夏觉晴。

她只觉得皮肤上一暖，身体顿时变得无比僵硬。

两人却是谁也没有再说话。

方木深的剧本大概写完了，一声不吭把笔记本电脑合上放在一边，认真地和夏觉晴一起看起电影来。彼此靠得太近，稍微一动，就能碰触到对方的体温。

夏觉晴想不明白事情是怎么发展到这个地步的。明明在一刻钟前，她返身进来时，以为今晚免不了又是一场唇枪舌剑，却没想到事情正在往诡异的方向发展。

这样显得有些温情脉脉的相处，这在以往，是从来没有过的。

夏觉晴发现她竟然不敢轻举妄动，舍不得打搅这一刻的安宁。

舍不得？

当夏觉晴意识到这三个字是从自己脑海里蹦出来的时候，觉得太过荒诞和不可思议。她怎么会滋生出这种可笑的情绪?

舍不得眼前这个方木深吗?

她心里没有答案。

十四年时光在不知不觉中悄然溜走,初次见面的印象也已经模糊不清。只有那年冬天不断从天空飘落的大雪像鸽群一样盘旋在脑海中,依稀可寻。

那一年,夏家处于极度的悲伤之中。

因为小儿子方木深的病逝,仿佛带走了这个家庭的生机和希望。连夏觉晴也不敢相信,她宠着长大的那个奶声奶气叫她姐姐的娃娃会闭上眼睛永远也不再醒过来,从此变成墓碑上的一个名字。

以往朝夕相处的弟弟,她却再也见不到了。

这是夏觉晴第一次感觉到人世的残酷与无常。

尽管夏家家境优渥,能够请得起各种专家前来会诊,给弟弟用最先进的设备治疗,用最昂贵的药,但是依旧无法抵挡死亡的降临。

夏觉晴在这种巨大的悲伤中度过了将近一年,在冬季接近尾声的时候,她有一天放学回来推开门,看见家中客厅里站着的那个孩子时,几乎崩溃。

她的第一反应是尖叫,冲过去抱住他,因为太过高兴和兴奋,声音因为极度的激动和难以置信变得战栗:"小深,小深,真的是你吗?"

但只是短短几秒,她就清醒过来,松开了手,收回矜贵的怀抱。

怎么可能呢?

人怎么可能死而复生？

已经病逝的方木深，她的弟弟，怎么可能再次出现在她面前？

于是，她再看一眼面前这个陌生的男孩，发现，他其实长得跟方木深不像。在以后的岁月中，在夏觉晴心底，其实方木深始终是方木深，收养的这个孩子始终只是他本身而已。她没有拿他当过谁的替身。

所以，她当初才会如此排斥他。

恶毒的话像刀子，无形之中轻易割伤人，却看不见伤口。

"你离我远一点。"

"在学校的时候不要装作认识我，不准叫我姐姐，你不是我弟弟。"

"我弟弟叫方木深，他已经死了，你再像他，也不是他！"

那时候的夏觉晴没有丝毫的怜悯之心，她只知道这个男孩是被父母从人贩子手中买来的，因为受到惊吓后高烧一场，把以前的事情零零落落忘得差不多了。她没有想过，他才八岁，无依无靠，没有过去可寻，脱离了原来的家庭来到夏家生存，他该有多恐慌，多害怕。

他连哭都不敢。

因为夏家肯收养他，已经是他最好的归宿。至少他不用再担惊受怕被卖去黑市，被变成残疾人上街乞讨，不必遭受其他更惨痛的结局。

他曾因为夏觉晴一秒钟的拥抱而感觉到温暖，也承受着往后十四年里来自于她的冷漠与残忍。

所以每当夏觉晴说"你离我远一点"的时候，他是非常懂事的，离她远一点。

他从来不叫她姐姐。从来不跟她搭同一辆车上学，宁愿自己挤公交车。从来不向父母告状，抱怨她的恶行。从来不跟她抢任何一样东西，从餐桌上的早餐到节假日父母送给他们的礼物，只要她要,他会立即放手，任由她全部拿走……

"和我一起看电影这么无聊吗？你都走神了……"

方木深的声音把夏觉晴从回忆中拉了出来，她轻咳一声，视线重新投到前方的屏幕上。

才发现，原来的片子已经不知道什么时候被切了，换成了另外一部电影——《迷宫》。

是方木深导演的作品。

夏觉晴曾经一个人去电影院看过。她坐在人满为患的大厅里，周围的男女在讨论剧情，而她看着银幕上一闪而过的那个导演的名字久久不能回神。在她所触及不到的异国他乡，他已经开始崭露头角，渐渐强大起来。

"为什么……还要回来？"终于忍不住这样问。

夏家对方木深来说，绝不是一个值得留恋的存在。那么，既然出去了，已经强大到不必依附夏家，为什么还要回来？

刚来夏家时，他才八岁，容貌跟病逝的夏家小儿子有九成相像，于是即便夏觉晴排斥他,还有思念儿子入骨的夏母处处维护他。因为这张脸，夏母俨然把他当作真正的方木深来对待。

但随着慢慢长大，人的容貌也会有所改变。

他的长相在时光的雕琢中蜕变得越发漂亮，给人以苍白而孱弱的病态感，又因常年沉默寡言，浑身上下透露出阴骜的气质。

并不是那么讨喜。

他身上和真正的方木深相似的东西在一点一点地流逝，逐渐消耗殆尽。

而夏母仿佛从巨大的荒诞中清醒过来，也开始和夏觉晴抱怨："如果小深真的还活着，怎么会是这副样子，他以前那么阳光开朗又懂事，不像现在这个……是我太糊涂了，当时怎么会认为他就是小深呢，明明是两个完全不同的孩子啊……"

失去夏母的庇佑，他在夏家的处境更加举步维艰，被越来越多的人忽略和漠视。

再然后，是被送去了小河寺，上山学画。从不会有人来探望他，问及他过得好与不好，他如一叶浮萍被投掷于汪洋大海之中，始终漂泊没有依靠。在那里，除了陆城遇，没有人知道他的身份，他沦为小河寺中最底层的食物链，承受着最血腥和暴力的东西，漫骂和欺凌加之于身上，他却没有反抗过。

无意义地坚持着。

在日复一日的钟鸣和缭绕的檀香中，他曾像一块朽木，慢慢枯萎死去。

直到后来出国，他离开夏家，在另一片天空下经历无数的挫折和磨砺后重新活过来，如今他名利双收，却还要回到这个原本就不属于他的家。

可谓是，愚蠢至极。

夏觉晴甚至有点愤怒于他做这个决定，恨铁不成钢。

"你的人脉和圈子都在国外，好不容易站稳脚跟，突然想到要回国，太过于意气用事了……"夏觉晴三言两语，点评他的所作所为。

"不希望我回来吗？"

这是个很难回答的问题，夏觉晴给出的回答也很官方。她说："我看你这几年在国外生活得也很好，既然很好，回不回来也就无所谓了。"

她没有感受到他身上的戾气和阴翳，以及双眸深处正酝酿了一场不为人知的宁静海啸，一旦爆发，足以把她吞没。

"你没有亲眼看见，又怎么能笃定我生活得很好？"方木深轻笑一声，"你们夏家人都是这样自以为是吗？"

夏觉晴被他的话噎住，出于本能地想要反驳："不要忘了，你现在也是夏家的成员之一！"

"哈……"他似是被这一言点醒，恍然大悟过来，"你不说，我差点都忘了自己的身份了。"

他的眼睛专注地望着夏觉晴，有一种用情至深的错觉，形状优美如樱花似的唇瓣一张一合，一字一顿，在她耳边轻声吐露："你还在荣城，我怎么会舍得不回来……"

他们离得太近了。

他微微俯身靠近她，张开双手支撑在她身后的沙发边缘，轻而易举地把她困住，好像在给她最温柔最体贴的拥抱。

此刻，只有夏觉晴知道这种姿势有多危险。她僵硬得像块石头，全身麻木不得动弹，失去了所有的感观，只有他说话时凛冽的气息侵袭着她的耳朵，声音在心房回荡。

他说："我怎么可能会轻易放过你，夏觉晴。"

02. 你因为什么而道歉？因为没有早点遇见你。

夏天的日出格外早，凌晨五点多，天空微蒙，开始泛白，云层后透出稀疏的光芒。中途叶悄醒过一次，被渴醒的。

她抿了抿干燥的唇，睁开眼睛，后知后觉地发现自己的脑袋下面枕着一只胳膊，身后有来自于另外一个人的体温。叶悄脑海中闪过"同床共枕"这个词，小心翼翼地侧过身，当她对上陆城遇这张轮廓俊美的脸时，猝不及防，心跳还是微妙地急促起来。

半分钟的面红耳赤之后，她淡定下来。

"不过是相拥而眠，有什么好紧张的，大家是成年人了……"叶悄给自己做好十足的心理建设。

不得不承认，陆城遇是剂天然的催眠药，外加舒适抱枕。

她已经很久没有像最近这样睡得安稳了，要不是喉咙太干被唤醒，应该可以一觉睡到正午。

床头柜上的水杯一高一矮，挨着放在一起，看上去像是相互依偎。

很温暖美好的情景，这在叶悄以往二十多年的生活里显得遥不可及。她离开黎洲已经很久了，这也意味着她离开家很久了，亲情淡薄。谈过几场无疾而终的恋爱，没有真正地投入进去，分手也就分手，爱情寂寥。

　　她很少去设想以后和未来，随遇而安着，觉得能够过好当下的每一天就已经不错了。

　　所以陆城遇的出现时常让她觉得困惑和迷茫。

　　他给她带来前所未有的安全感，连多年的失眠都被他治愈，所有的缺失仿佛一瞬之间都被他填满。

　　叶悄安静地看着他，仍然觉得不真实。这个人，陆城遇，旧海论坛上的陆三，骗子先生，竟然是同一个人。

　　并且，现在就在她眼前。

　　叶悄坐在床上发了一会儿呆，她注意到陆城遇的睫毛很长，忍不住伸出手在他眼睑处比画了一下。

　　微痒的触感，让陷入睡眠中的男人皱了皱眉头。

　　她想要适可而止，却像受到了无名的诱惑。

　　刚喝过水的唇瓣湿润，低头，印上去，动作轻得不可思议。

　　叶悄发誓，她从没有如此小心地怀揣着虔诚之意，去吻一个人。

　　房间里安静如同深夜，只有空调发出些微的声音，加湿器里的白色水雾升腾，像丝丝缕缕的云烟一样在空气中飘浮、扩散，转瞬间消匿不见。

　　叶悄掀开薄被下床，推开阳台的玻璃门，独属于一天清晨的新鲜的气息扑面而来，木架上的兰花和水仙欣欣向荣。

　　她赤脚坐在地板上，仰头看着东边天空渐变的云层，突然想起以前读初二的时候，全校开始流行"45°角仰望天空"，走忧伤青春的路线。

班上的同学争前恐后吵着要坐靠窗户的位置，他们班主任觉得有意思，自己也特意坐在一组三号的位置上体验了一把。将近五十岁的老头，靠着窗，手掌支撑着下巴，装模作样多愁善感地眺望起蔚蓝色的天际。

全班同学当场笑翻。

叶悄想着当时的情境，一个人笑了起来。

"一大早怎么就这么开心？想到什么了？"

声音从背后传来，陆城遇贴着门框站着，睡眼惺忪，几根漆黑如墨的头发不听话地翘起，偏生带着说不出的性感。

他像是意识并不清明，还没有醒透，条件反射似的把叶悄从地上拉起来，拖到花架旁边的木头小板凳上坐下。

手指握在一起，触感冰凉，陆城遇问叶悄："昨晚睡觉着凉了？"

"没有啊，我不冷的。"叶悄说，"可能我体温偏低。"

陆城遇捏了捏她白皙的手背，点了点头，像是自言自语："也对啊，有我在，你怎么会着凉……"

叶悄望天，这人还要脸吗？

两张板凳并排放。

陆城遇蜷着身体一个劲地往旁边靠，脑袋歪着蹭在叶悄的肩窝上，温热的半边脸颊贴着她的颈脖，像一只大型的玩具浣熊。

看他这状态，明显是没有睡饱。

"我是不是把你吵醒了？"叶悄问，尽量把背挺直，让他靠得舒服一点。

"不是，"他闭着眼睛跟她说话，声音压低了一些，脸上隐隐有笑，"你还没告诉我刚刚想到了什么……"

"以前读书的时候。"

"嗯……"陆城遇无意识地摩挲着两人握在一起的手指，颇为感兴趣地问，"你以前读书的时候是什么样子的？很乖，还是问题学生？"

叶悄想了想，说："没有很乖，可能……稍微有一点嚣张，那时候比较叛逆吧，跟男生混在一起的时间比较多，印象中好像还打过两次群架，星期一升国旗受到全校通报批评，被叫了家长……"

陆城遇的左眼撑开一条缝看她，笑意越来越深："原来我们家悄悄以前这么厉害啊。"

叶悄听他调侃的语气，老脸一红："那时候不懂事嘛，年少轻狂，年少轻狂……"说完自己虚笑了两声。

"现在还打架吗？"

"不打了。"

"那我就放心了。"

"……"

叶悄无语，陆城遇你到底在担心什么！

"我怕你动手伤到我。"

叶悄毫不留情地揭穿他："我记得上次去你家的时候不小心看见了跆拳道服，我猜你段数应该也不低，你难道不该担心自己会伤到我吗？"

"不会。"陆城遇很有把握的语气，脑袋小弧度地摇了摇，头发在她皮肤上捣乱，"我比较温柔，从来不打群架。再说，我也舍不得跟你动手。"

"……"叶悄再次被哽住。

"有喜欢的男生吗？"陆城遇的问题越来越刁钻。

"嗯，"叶悄点点头说，"是个学长，模样都记不太清了，好像是戴眼镜，长得清清秀秀，挺斯文的。"

"有我好看吗？"陆城遇冷不丁地问。

"当然没有！全世界你最好看。"

"嗯，是大实话。"

叶悄汗颜。

"那……家里边呢？"

循序渐近，从学校到家庭，慢慢触及核心。明明知晓家庭方面很有可能是她的死穴，还是想要多了解一点。

叶悄果然沉默了下来，陆城遇耐心地等着，也不催促。天色已经大亮，朝阳的光芒斜斜地打在旁边的木架上、青翠的花叶上、雪白的墙壁上，拖出长长的灰色影子。他们恰好坐在影子里，还是依偎的姿态。

陆城遇的瞌睡早已经完全醒了，他却怀疑叶悄快要睡着了，直到暗含压抑的声音在头顶响起。

"家里边……很不好。"她用了这样直白的词汇来形容，眼睛里透出一丝迷惘，如同阴雨天里铺盖在天幕上的浓厚乌云，"小尚走丢以后，我很害怕回家，我怕我妈望着我的眼神。每天下完晚自习从学校出来，我会在小区下面待一段时间，等我妈的卧室熄了灯才敢进门，然后赶在第二天他们起床之前出门。

"起初因为这样，不敢睡死，后来慢慢发现，根本就睡不着了。

"有一次心理医生问我，失眠是什么感觉，我告诉他，大概就像是一个人在黑暗里慢慢腐烂的感觉。"

她眨着空洞的眼睛，不自觉地复述第二遍："我常常觉得，自己在黑暗中慢慢腐烂。"

"我以前总想着解脱，以为离开家就可以解脱，但其实不是的，"她的身体一阵颤抖，声音却依旧保持着平稳，"小尚的事，我的确难逃其咎，尽管后来高中毕业以后来到荣城读大学，在荣城定居，我已经远远地躲开了我妈，但是那种绝望的心情还是会从心底冒出来，好像成了习惯一样……"

她曾耗尽几年时光，参透了佛理一般，几乎自虐地说："我在日复一日的折磨里，才知道原来有的错误无论被时间如何冲刷，都无法得到原谅。"

陆城遇从她肩上抬头，两人变换了个姿势。他用了点力道揽住她，额头抵着额头，呼吸混为一体："悄悄，对不起。"

"你因为什么而道歉？"

"因为没有早点遇见你。"

"我们早在七年前就已经遇见了，还不够早吗？"

"不够，我依然感觉到遗憾。"

他吻了吻她酸涩的眼睛，音色喑哑："那时候遇见你，却没有抓紧你，萍水相逢，擦肩错过，所以现在回想起来才会觉得更加遗憾。"

Section 09 –
– 真狡诈啊……
– 这叫智慧。

01. "感觉咱们俩特般配，天生一对。"

陆城遇接到来自医院的电话时，是在三天后。

他之前给冯绣葵母子垫过两次医药费，也给护士长留下过手机号码，嘱咐如果有事可以打电话找他。当冯绣葵付不起住院费时，护士长立即就联系上了陆城遇。

叶悄正在工作也收到了消息，穿着白大褂从实验室中走出来，手里还拿着一管玫红色的试剂。

陆城遇也刚到，站在大厅的一株青松盆栽前等她。叶悄拿着试管在他鼻尖晃了晃，问道："怎么样？我调制的新款。"

　　"只闻出了玫瑰的香味，好像还有一些薄荷和柠檬？"陆城遇虚心向叶悄请教。

　　"薄荷有一点，但是没有柠檬。"

　　叶悄一边说话，一边直接把白大褂脱下来搭在肩膀上："走吧，我们直接去医院看看怎么回事。"

　　陆城遇说："我看你好像很忙，其实我一个人去也足够了，你两边跑可能会很累。"

　　叶悄拨了拨短发，朝他眨眨眼睛："有我在不是更方便吗？我现在对于你的催眠术来说作用可是很大的。"她不想再有上次冯绣葵伤人那样的事情发生，即便是意外，也足够让人心有余悸。

　　"也对。"陆城遇随手接过她的衣服，笑着说，"夫唱妇随，我很高兴你能有这个觉悟。"

　　叶悄这些天脸皮越磨越厚，甜言蜜语的功力也渐长，不甘落后，没头没脑地感慨了一句："夏天真是个适合恋爱的季节。"

　　陆城遇说："也不全是。"

　　叶悄不解。

　　陆城遇笑着揽上她的肩："只要身边的人没错，一年四季 365 天，都是恋爱的好时光啊。"

　　叶悄再次被秒杀，甘拜下风。

　　赶过去时，冯绣葵正在走廊上和两个小护士拉扯，说能不能再宽限几天，家里的亲戚马上就会凑钱送过来。但是医院有医院的规矩，小护士显然做不了主，为难地想要挣脱，却被冯绣葵揪住衣服不放。

"冯姨……"陆城遇走过去。冯绣葵脸上央求人的表情立即变成冷淡的神色，凶巴巴地冲着陆城遇吼："你又来干什么！又想打听老郭的事是不是，我告诉你，没门！我一个字也不会说！"

护士长闻声赶来，见是陆城遇，连忙招呼他前去付费，被冯绣葵一把拦住。

大概对林秋漪和陆家恨之入骨，她仅有的一点骨气全用在了这上面，愤怒地扬言道："我宁愿出去捡垃圾、上街乞讨，也不会接受你的施舍！"

叶悄无奈地看着冯绣葵的背影，问："现在怎么办？"

陆城遇说："把钱结了再说。"这份人情算是他替母亲还的，郭远已去世，他不能看着冯绣葵母子不管，能施以援手的地方，帮衬一把也是好的。

叶悄表示赞同："也对，她不要，但不能让她儿子跟着受苦。一旦停药，小孩子估计会受不住。"

旁边的护士长也跟着附和，跟他们俩抱怨："不知道哪里来的犟脾气，明明没钱，骨头还硬……"

叶悄皱了下眉。

交费的时候，身后有个孩子躲在门外边偷看他们，被屋内的玻璃窗映得清清楚楚。

叶悄一早就发现了，却也没急着把人揪出来。直到她和陆城遇办完事情走出医院，眼看着就快要上车，那孩子才忍不住跑上前拦住他们。

叶悄认识，眼前这个穿着病服的小朋友，正是冯绣葵的儿子。

"你有什么事吗？"陆城遇问。

男孩递过来一张字条，梗着脖子说："这是我妈让我交给你们的。"

男孩声音挺大，强装出来的勇敢让他显得浑身僵硬："我妈还说了，她知道的现在都已经告诉你们了，你们也替我出了医药费，就算是扯平了。"

陆城遇点点头，仿佛也没拿他当孩子，郑重道："好。"

男孩听他这么说，似乎有点儿诧异，偷瞄了陆城遇一眼后，转身飞快地跑回了医院大厅。

陆城遇打开男孩给他的字条来看，发现上面写着一个车牌号码。

"郭远当年的车祸看来不太寻常，冯绣葵一定知道其中不对劲，但是当年在那种手忙脚乱的情况下恐怕没法追究，她一个人，也无从追究。时间拖得越久，要讨回公道的心思就越淡。这次要不是碰上我们，她估计再也不会提起这件事。"

叶悄说："不管怎么样，现在我们可以顺着这条线索查下去。"

陆城遇看着她，反问道："你要跟我一起查下去？"

叶悄一脸理所当然："不是说了嘛，你现在没我不行，别想把我撇开。"

陆城遇笑得意味不明，只是看着她，知道看得让她不好意思，觉得羞赧，她才装作凶巴巴地挽住他的臂弯，趁机转移话题："站在你身边，我老是有一种感觉。"

"什么感觉？"

"感觉咱们俩特厉害，好像天下无敌。"

"我也有一种感觉。"陆城遇说。

"什么感觉？"叶悄好奇地问。

"感觉咱们俩特般配，天生一对。"陆城遇说完爽朗大笑。

通过冯绣葵提供的车牌号码，陆城遇和叶悄一路找到车辆所属的汽车公司。多番打听之下，才问出当年的肇事司机叫程东明。公司中只有老一辈的员工才认识他，他们称呼程东明为"东仔"，但是似乎都不愿意提起这个人，有所避讳。

"东仔当年开车犯了事之后，就被公司辞退了，现在我们谁也联系不上他……"

"东仔看着挺凶的，但是人也不算太坏，事情都过去那么久了，你们干吗还不放过他？都是可怜人哎……"

"都说了，当年的车祸只是意外……"

"别再问了，问多了我们也不知道……"

不好的往事，大家谈起来都很忌讳。这样一来，陆城遇和叶悄得到的消息实在太少。程东明自从出事之后，从此人间蒸发一般，和先前的同事也全部切断联系。要找一个存心想要消失的人，十分困难。

唯一得到的比较有价值的东西，是程东明的一张工作证件照。

而再一次得到线索，是因为方木深。

陆城遇偶然跟方木深提到程东明的事，点开手机相册，方木深只扫了一眼上面的人，就十分有把握地说："这人我两天前才见过。"

陆城遇表示怀疑："你确定？"

他和叶悄打听了大半个月，都没有消息的人，竟然就这么让方木深给遇到了？

踏破铁鞋无觅处，得来全不费工夫。

方木深作为一名导演，对人像的外貌特征和气质总是格外敏感，他习惯性捕捉到的信息，往往准确无疑。

方木深说："他就在千沐游乐场附近卖老冰棒，踏一辆老式的三轮车。我拍戏取景的时候，他正巧在旁边做生意，所以有点印象，应该错不了……"

"那我明天去游乐场看看。"陆城遇说。

方木深扔开厚厚一沓剧本，叫住他："差点忘了问，你那个宝贝女朋友什么时候带出来见一见？"

陆城遇想到叶悄最近陪自己跑了不少地方，应该很累，也就开始推托："等她有时间再说。"

"重色轻友！"方木深赖在沙发上感慨，双手交叉枕在脑后，"等她有时间，我可不一定有空，指不定跑哪个山疙瘩里拍戏去了。"

"是啊，方大导演，你才是真正的大忙人。"

自己扔在地板上的剧本，还得自己弯腰捡回来，方木深疲惫地揉揉太阳穴，蜷曲在米色的软垫上像只蛰伏的兽，不露出爪牙时，看上去温和无害，这时候像个孩子一样愤愤不甘心道："藏着掖着做什么，我总会见到的……"

"有件事说起来我还真得感谢你。"陆城遇说。

方木深不解。

陆城遇向他解释道:"还记得七年前吗,我在小河寺里问你有没有想去或者是值得推荐的地方,你说加德满都,我和她第一次遇见就是在那里。"

"这么说来,我还是你们的大媒人?"

"也可以这么说。"

方木深的视线停留在剧本上,一心两用,漫不经心地和陆城遇说着话。他仰躺着,过于漂亮而显出几分妖娆的面孔,完全地"暴晒"在黄昏时分的灯光之下,镀上了一层莹黄色的色调,稍微驱散了平日里惯有的阴鸷,脸上竟然还挂着笑。

看得出他此刻心情很好。

陆城遇难得迷茫地问他:"你自从知道我谈恋爱之后好像很开心,我实在想不通是什么原因。"

方木深说:"你谈恋爱了,这很好,我打心底里替你高兴。"

国外相处几年,也算共同经历过生死大事,陆城遇对方木深这人的脾性还算了解,这时摆明不信:"说实话。"

"实话就是——"方木深眼里映射出璀璨的灯光,"你和别人谈恋爱了,而夏觉晴要落单了,我可以看好戏了。夏家人一直把你和她看作是一对,这下可好,被当众打脸,简直大快人心。"

陆城遇扶额,无奈道:"阿深,你不要唯恐天下不乱。"

方木深说："我不仅要看着天下大乱，还要乘虚而入。"

"觉晴是你姐姐。"

"那又如何，我和她原本就没有血缘关系，不是吗？"

02. 空气中，仿佛源源不断地冒出粉红色气泡。

千沐游乐场。

赶上周末假期，再加上又是个比较凉爽的多云天，游乐场游客爆满。父母带着小孩子的和情侣二人的组合比较多。叽叽喳喳的笑声和吵闹声像乱七八糟的音符，一阵盖过一阵，不曾停歇。

叶悄和陆城遇长大之后，都是头一回来这种场合。两人不约而同穿着黑白条纹的T恤衫和简单的牛仔裤，好像情侣装。

走在一起，回头率奇高。

进门前拿着程东明的相片向售票处的人员打听过，他们果然对他有印象："游乐场里头本来是不允许私人贩卖物品的，但是他总能偷偷摸摸溜进去，我们都抓过他好几回了，但是看他家里有老人小孩，实在可怜，后来就对他睁一只眼闭一只眼，随他去了……"

"他有固定的摊位吗？"陆城遇问。

售票员摇头："这个也说不准，我看他有时候边走边卖，指不定在哪一块又停下来歇脚了。"

人多的地方生意好。

　　陆城遇和叶悄先去了几个比较受欢迎的地点，兜兜转转，半天也没遇上。放眼望去，人山人海，要找一个人可真不容易。

　　结果陆城遇招呼来一堆孩子，给每人脖子上戴了一个小口哨，吩咐下去，要是有谁看见卖老冰棍的就大声吹口哨。

　　叶悄没想到这法子还真管用，接下来不到半个小时，就听见摩天轮旁边的小竹林附近传来疯狂的哨声。

　　率先找到人的小孩像个斩获桂冠的英雄，脖子都吹红了，叉腰站在路口候着。等来陆城遇的一顿夸奖，外加一支雪糕。

　　叶悄在一旁看得直感叹："真狡诈啊……"

　　陆城遇纠正她的用词，笑道："这叫智慧。"

　　程东明多半是为了避暑，把掉了漆的破旧的军绿色三轮车停在竹林的绿荫里，自己蹲在地上抽卷烟。

　　后面车厢上支起一个自制的简陋广告牌，歪歪扭扭地写着"老冰棍"三个加粗的红色大字。除了做冰棍生意，他也卖一些应季的水果，旁边生锈的铁栏杆上还绑着许多个气球，五颜六色的，印着各种各样的卡通图案，拥簇在一起花花绿绿的倒也显得十分漂亮。

　　偶尔走过来几个游客光顾他的生意。

　　叶悄率先走过去："老板，来一支冰棍儿。"找人找了半天，她是真的渴了。

　　"好嘞！"程东明答应着，揭开塑料泡沫箱的盖子给她拿，陆城遇站在旁边负责掏钱付账。

"老板，你在这里干了多久了？"叶悄随口问道。

"也没多久，才几个月。"程东明回答说。

叶悄朝陆城遇使了个眼色，意思是让他配合她的行动。陆城遇不知道叶悄有什么打算，静观其变，只见她解决完冰棍，整了整衣服严肃地站到程东明面前，从口袋掏出一张证，面不改色地说："我是警察，你……"

叶悄本来是想吓一吓人，把程东明唬住。但没想到程东明一听"警察"这俩字，撒腿就跑，窜到林子里转眼就不见了人影。

前面刮过一阵风。

叶悄眨巴着眼睛，错愕地望向陆城遇："怎、怎么这样啊？我话都还没说完……"

陆城遇笑："估计是他做贼心虚，这些年吓怕了，被你刚才这么一闹，第一反应就是跑。"

程东明的警惕性很高，他有太多要提防的事情，不管是以前关于郭远的那场车祸，还是现在的违规贩卖，都让他时时刻刻处于提心吊胆之中。

"我好像把事情搅黄了……"叶悄敲了一下自己的脑门，"谁知道他跑路这么厉害。"

陆城遇反而不着急，脸上没有丝毫愠色，拿过叶悄手中足以以假乱真的警察证件看了看，转移话题："还原度还挺高的。"

"那是！"叶悄得意地向他邀功，"我找海街巷子口里的老伙计做的，五十块钱一张，可不便宜！"

她得意完，发现程东明是跑了没错，但面前的三轮车还在。叶悄愁眉苦脸，指着面前的烂摊子问："现在怎么收场？"

她的眼睛捕捉到陆城遇脸上露出了一抹短促的笑意，带着点玩味，和一丝她从未见过的痞气。

"悄悄——"

"嗯？"

"知道怎么卖东西做生意吗？"

叶悄满腹疑问和不确定，缓慢地点了点头。

"那不如我们尝试一下好了。"陆城遇提议道。

"为了好玩？"

"为了创造回忆。"陆城遇一本正经地说，"情侣之间一起尝试的事情越多，拥有的回忆越多，到最后会越加难舍难分。"刻意地停顿，像是在强调，"我在努力制造机会，让我们难舍难分。"

"听起来好像很有道理，"叶悄八卦地问，"你是经验之谈吗？"

陆城遇做思考状："嗯……"斟酌着回答，"这个我可能没有叶小姐有经验。"

叶悄想起之前的几个炮灰前男友，顿时心虚，不由得讪笑起来。

这天千沐游乐场中出现了一道独特的风景。

掉了漆皮的老旧三轮车，有满载着童年记忆的老冰棍出售，这都是平淡无奇的事。关键在于出售冰棍的一对年轻男女，满满透露出来的都是温馨和爱。

叶悄手心缠着一把白色的细线，牵着二十来个七彩气球，一边吃冰棍一边等生意上门，腮帮子圆鼓鼓的，嘴唇被冻得色泽鲜红。旁边的陆城遇高出她一个头，宽大的手掌覆盖在她脑袋上方，象征性地替她遮挡了洒落下来的日光。

他没有包袱，干一行爱一行，做什么像什么。他兢兢业业，时不时朝路过的孩子笑一笑，还会吆喝两声："小朋友，要不要尝尝老冰棍？气球也很漂亮，要不要买一个？"

这时候叶悄会帮腔，努力卖笑，眼睛都眯起来，极力附和着推荐。

无论对方是男是女是老是少，还是何方神圣，都无法拒绝这对情侣，受了蛊惑似的掏口袋拿钱买东西。

路人咬着冰棍，视线最终还是焦灼在他和她身上。还有的游客听见风声，特地绕路过来看看他们，偷偷拿出手机来拍照。

眼前这两人明明在卖东西，可左看右看，上看下看，怎么看，都像是约会。

空气中，仿佛源源不断地冒出隐形的粉红色气泡。

不消两个小时，三轮车上空空如也，所有东西都被卖出去。

叶悄和陆城遇坐在竹林前的石凳上数钱，零零碎碎的，加起来居然有八九百块。这主要得益于陆城遇卖东西越到后面越随意，随口喊价，价格噌噌往上涨，生意还是依旧火爆。一群十六七岁的小姑娘争前恐后地递钞票，送上门来让他宰。

陆城遇顶着一张脸，公然作弊。叶悄看得一阵唏嘘。

整理出来一沓钱，陆城遇全部交到叶悄手上："给你。"

　　叶悄把它们装进自己的小挎包里，计划道："我先留着，咱们好不容易赚的呢。尤其是你，还牺牲了色相，真不容易啊……"

　　陆城遇笑，相互打趣道："嗯，你的贡献也不小。"

　　叶悄问："你说，程东明还会不会回来？"

　　陆城遇看着面前丝毫不起眼的三轮车，拍拍上面的栏杆，似乎很有把握："会，我们守株待兔就成，等他回来自投罗网。"

　　"咦，"叶悄忽然发现前方一个有些佝偻的身影，"城遇，你看那是谁？"

Section 10 ──
– 胡说，我双商爆表，
情商尤其高！

01. 背后如同有一只手，在默默操纵着一切。

冯绣葵的再次出现，让叶悄和陆城遇惊讶不已。

她穿着一身蓝色的工装服，应该是在附近的工厂工作，适时赶过来
的。手上抱着一个不大的纸箱，破烂陈旧，边角都快磨破了。

"我刚刚看见你们在这边，就赶紧过来了……"冯绣葵面对两人多
少还有点尴尬，但相较于之前的凶神恶煞，态度已不知好了几倍。大约
是时日一长，许多事情想通了些。

冯绣葵把纸箱交给陆城遇："这是我昨天回老家收拾的时候发现的，
都是老郭的东西，可能会对你们有帮助。"她神色颓败，之前在医院时

的泼辣荡然无存，仿佛被生活磨平了棱角。

"我知道你们帮我儿子垫的医药费不是一笔小数目，我也尽力地帮你们了，这次我算是什么都还清了……"冯绣葵回忆起前夫郭远的事迹，内心仍然被刺痛，"还有老郭出车祸的事，不管你们调查出来的结果是什么，也都跟我没关系了，我现在有自己的生活要过，有新的家庭要照顾，有孩子要养……"

"以前的那些事，都过去了。"她颤颤巍巍地往回走，仿佛苍老了很多，喃喃地念叨着，"都过去了……"

陆城遇划开纸箱，发现里面有很多的稿纸和草图，其中多半是他母亲生前的设计作品，右下角草草地签了"林秋漪"三个字。夹杂在其中的，还有郭远自己画的图纸，旁边写着满满的批注，是林秋漪对他的指导意见。从中可见林秋漪对这位徒弟还是颇为上心的，师徒二人的关系也不错。

再往下翻，是一本厚厚的剪报。

当年的抗战纪念馆设计抄袭事件被曝光后，各大新闻媒体对此进行了大肆报道，再到林秋漪的失踪，几乎在荣城内引起过一阵轩然大波。郭远把那段时间内所有刊登了这件事的报纸进行了收集，按照时间顺序整理，粘贴成册。

郭远对其中几家出现频率较高的报纸和杂志进行了红色标识，甚至还进行了数量统计。其中《大娱乐报》和《尚·杂志》在连续两个月内，对林秋漪的报道分别高达58篇和53篇。尤其是《大娱乐报》，是首家对抄袭事件进行报道的媒体，被细心的郭远重点圈了出来。

　　郭远当初似乎是想要通过媒体这方面来寻找什么线索。

　　那些看上去杂乱无章的新闻报道在他的分析之后，露出不少疑点，舆论背后如同有一只强大的手，在默默操纵着一切。

　　"当初纪念馆的抄袭风波被爆出来之后，全城轰动，几乎尽人皆知。"陆城遇陷入回忆里，"我妈曾经因为巨大的压力而精神崩溃。如今看来，或许是有人有心引导，刻意加大了这场暴风雨。"

　　叶悄提议道："我们可以去找《大娱乐报》了解情况，事情虽然过去很多年了，但总会有蛛丝马迹留下来。"

　　陆城遇捏了捏眉心，说："《大娱乐报》已经倒闭了。"

　　"什么？！"

　　"在我妈出事后的第二年，那家报纸就倒闭了。或许连它的倒闭，也不仅仅是因为经营不善。"

　　追查林秋漪一案，像是一个深潭的漩涡。越往深处追究，了解和知道的事情越多，越发现其中扑朔迷离，存在太多的疑点无法解释。

　　叶悄现在相信，林秋漪事件绝对不是表面看上去的那样单纯了。

　　所有的线索都是散乱而零碎的。

　　"现在只能看看从程东明那里能挖到什么消息了。"

　　将近傍晚，陆城遇和叶悄决定先解决肚子问题。

　　三轮车还停在竹林前，陆城遇管安保人员借来一把锁，把车轮锁住了，防止程东明突然返回来取车。

陆城遇在水龙头下洗干净手上的污渍，对叶悄说："走吧，我猜他应该会晚上回来探情况。"

叶悄和他商量："我们待会儿吃什么？"

陆城遇问："想不想吃点不一样的？比较好玩的那种……"

叶悄起了兴致："比如呢？"

陆城遇说："我知道千沐游乐场这边有个地狱主题餐厅，比如里面的芥末屋、辣椒房子，是很有名的黑暗料理。不止小孩子，不少大人也会过来尝试一下。"

但叶悄和陆城遇没想到会在餐厅的门口撞见夏家三口人。

02."我现在一言不合，就想亲你。"

方木深和夏觉晴陪着夏母逛完商场，大概夏母平日把各种料理吃遍了，没有新鲜的。不知一儿一女谁提议的，把她带到这里来尝鲜。

夏母率先看见陆城遇、叶悄二人，他们身上显眼的情侣装惹来夏母的不快。

至今为止，在陆家和夏家的几位长辈眼中，陆城遇与夏觉晴仍是天造地设不可拆散的一对。

叶悄和夏母在之前也见过面，几个人都是认识的，相互不冷不热地打完招呼，夏母的视线还停留在叶悄身上。

"很久没看见城遇了，怎么也不来阿姨家坐坐？"夏母对撮合陆城遇和夏觉晴的事犹不死心，"最近小晴一直在家，你们也可以多交流交流工作上的事。年轻人嘛，总是不联系，感情就容易淡。"

陆城遇不动声色地揽上叶悄的肩，说："有空一定去，到时候我带着悄悄一起拜访。"

他话里的意思已经非常直白，现在他和悄悄是男女朋友关系。

一句话，彻底把夏母的幻想打破。

夏母面子上过不去，恼羞成怒，一把甩开夏觉晴挽着她的手："我身体有点不舒服，先回家了。"说完，矜贵地扶着手上的玉镯打电话叫司机过来。都已经到餐厅门口，硬是被几个小辈气走了。

剩下另外四个人面面相觑。

但是也皆大欢喜。

事情总该说清楚，不能老让人乱点鸳鸯谱。

"既然都到了，不如一起进去？"陆城遇一句询问，拦截住了夏觉晴准备离开的脚步。

旁边的方木深看出她想先撤，身体移动了两步，明目张胆地把门口的退路堵死，似笑非笑地望着夏觉晴。

叶悄看这姐弟俩互动，细枝末节处，甚至连一个眼神中，都充满了火药味。

叶悄不由得打量起方木深。这是她第一次近距离地观察这个少年成名的天才导演，经常见他登上微博热搜榜，绯闻也满天飞。身上带有传奇色彩和争议性的人物，难免让人多看了两眼。

"悄悄，你想吃点什么？"

陆城遇正询问她，就见她一副无比认真的模样在打量方木深，目不转睛。

他低头俯身，凑近她耳朵，无奈地说："喂，你看别的男人眼神这么炽热，好歹考虑一下身边正牌男友的感受好吗？"

叶悄收回视线，朝他无辜地笑："确实长得很帅啊。"

"相比于我呢？"

"嗯……"像是真的有认真思考，然后才回答，"还是你更好看一点。"

"多谢夸奖。"

"不谢，我只是更相信自己的眼光。"

两人旁若无人地秀恩爱，方木深领先一步，帮四人都在芥末屋订下了座位，十分干脆。

很快，各种芥末做的面条、糕点和主食都被端上桌来，叶悄尝了一口手边的茶水，竟然也是一股浓浓的芥末味，咽下去，简直在割喉咙。

"逛商场的时候，你不是说饿了吗？"方木深帮夏觉晴夹了一个翠绿翠绿的肉饼放进她碗中，无比体贴。

夏觉晴斜了他一眼，小口小口地吃起来。

慢条斯理地咽下去，不知道是真的在享受，还是忍耐。良好的素养和不服输的性格，让夏觉晴始终面不改色。

叶悄看着都觉得难受。

陆城遇在桌布下扯了扯她的手臂，私下递过来的是大杯矿泉水，两人不动声色地把自己面前的芥末茶给换了下来。

喝到正常的饮用水，叶悄长长地舒了口气。

气氛一直很微妙。

屋子里的窗台上摆着两盆用芥末粉做的仙人球，圆滚滚的模样，胖墩墩地驻守在自己的疆土上。树梢上飞来两只麻雀，耷拉着翅膀窝在玉兰叶下。相比于从外面过山车上传来的此起彼伏的尖叫声，这边显得有几分难得的静谧。

夏觉晴和方木深这对姐弟的相处模式，让坐在他们对面的叶悄感觉到诧异。

他们的感情似乎很不好。

但又不像。至少，从方木深的许多细节之处可以看出，他对夏觉晴是关心的。比如她越过餐桌去靠里边的座位，他会用手掌包住锋利的桌角，避免她被撞到；比如他动作自然，把离她较近的花束推开一点，花枝上有稀疏的刺，她一不小心就容易被扎到。

细节之处，可窥见人心。

但表现出来的，却是方木深处处针对夏觉晴。

叶悄觉得自己这个发现有点意思，却听夏觉晴突然开口问："叶小姐什么时候跟城遇结婚？"把叶悄吓得一呛："咳、咳、咳……"

陆城遇轻轻拍抚她的背："虽然我知道你很期待，但是也不用这么激动。"

叶悄白了他一眼，等气息平静下来对夏觉晴笑："这个啊，我们不着急的。"

陆城遇无条件配合她，说："也对，反正人就在旁边，随时可以抓着去民政局。"他适时地朝夏觉晴反击，"你呢，怎么样？最近有没有新情况？"

方木深不由得竖起耳朵来听。

夏觉晴优雅地抿了口茶，绯色的唇瓣透着妖冶，自信满满："我不急，等我想结婚了，随时能找到人嫁。"

方木深嗤笑了一声，听不出是不是嘲讽："你要是实在找不到人，我可以帮忙介绍。毕竟，咱们是一家人。"

"用不着。"

"不必跟我客气。"

夏觉晴停在桌沿上的手指紧绷了一下，手背上青色筋脉微微鼓起。

一顿饭差不多吃得眼泪横飞，散场时还不到八点。

叶悄和陆城遇继续回竹林前蹲点，等着程东明过来自投罗网。方木深开车过来，不容夏觉晴拒绝就把人往里塞。

车子疾驰而去，叶悄终于可以出声感慨："真不知道这次晚餐的意义是什么？只有仇人才适合相互约着来撮一顿吧，简直就是活受罪啊……"

陆城遇说："嗯，以后我们不来了。等会儿夜宵带你去吃好吃的。"

叶悄一时之间对吃的东西还心有余悸。

身后的地狱主题餐厅，果然名不虚传。许多人有生之年估计不会再想来第二次。

"说起来，方木深跟他姐姐夏觉晴之间确实很有意思啊，我都快分不清他们是仇人，还是亲人了。"叶悄忍不住八卦了一回。

陆城遇脸上露出了点不可捉摸的笑，神秘兮兮的口吻，让叶悄一颗心都吊起来。

"告诉你一个秘密，他们两个之间有猫腻哦。阿深喜欢觉晴，你看不出来吧？"

"这算是——乱伦吗？"

"虐恋情深。"

叶悄感觉自己的三观已经崩溃。

"现在这个方木深根本不是夏觉晴的弟弟，他们俩没有血缘关系，按理来说，将来他们应该可以在一起。"陆城遇想了想，补充道，"生下来的孩子应该也会是健康的，不用担心基因缺陷的问题。"

"……"

叶悄想起方木深，被一身黑衣衬得格外清秀挺拔的少年，不太爱笑。苍白的面容，隐隐透出不易与人相处的阴鸷，偏生傲然又明净，浑身有种矛盾的惊艳感。只有针对夏觉晴的时候，漆黑的眼睛仿佛被点亮，藏不住的狡黠，如同孩子的恶作剧终于得逞。

关于方木深，用夏家人的话来总结，就是性子阴晴不定。

按照夏觉晴的说法，就是三个字来概括——神经质。

"刚刚还一个劲地盯着他看，现在又想他去了？"陆城遇发现，自己的这位女朋友似乎对方木深很关注。

"你这是在吃醋吗？"

"都这么明显了，才反应过来？"陆城遇唉声叹气，"悄悄，你明明挺聪明的一个人，但有时候迟钝得令人发指。"

"胡说！我双商爆表，情商尤其高。"

叶悄说着，踮起脚在他脸颊上印下一个吻。她不甘示弱地展示自己在恋爱中的高情商，甜言蜜语，脱口而出："我现在一言不合，就想亲你。"

"是吗？"

陆城遇受不了她的撩拨，三秒之后立马破功。

他给她更深更依恋的回应，唇齿间的话语已经模糊："既然这样，那你就多亲两下好了。"

陆城遇的手环绕过她的肩膀，她倚靠在一根青葱的绿竹上。快要落山的夕阳之下，他的身影像一层轻盈的薄纱，完全笼罩住她，两人仿佛合二为一。

清凉的风缠绕过发间，送来盛夏里松柏和青竹那干净而辛辣的气息。

叶悄看着陆城遇一厘米之外的眼睛，漆黑的瞳孔，像极了没有月亮的夜晚，广袤又深沉的天空。

她亲吻他的时候，觉得前所未有的安心。

原本带着玩笑意味的吻，不知不觉中带上了温情的味道，让人轻易沉溺其中，让人舍不得放开。

　　她说的其实是真心话。

　　喜欢一个人，好像就会平白无故地，想要亲一亲他。

Section 11 ───────
- 你继续忙吧，我就不打扰你们了。
- 我已经被你严重地打扰到了！

01. "我用了七年时间，到现在才敢走到你身边。"

路遇车流量高峰期，车子堵在高架桥上，盘旋着，像一条望不到首和尾的长龙。

夏觉晴接完设计所的一个电话，挂断之后，车里突然安静下来。

方木深无聊地望着窗外，似乎找不到半点可以用来消遣的东西。停在方向盘上的手指，无意识地敲打着节奏，像在思考一些事情。

夏觉晴打破这种沉默："我不回家，得先去见一个客户，到下一个朝阳路口的时候把我放下来就行。"

"又是上次那个络腮胡大叔？"方木深想起前几天来夏家拜访的陌

生男人，语气不觉有点冲，"夏觉晴，你什么时候口味那么重了？"

夏觉晴深吸一口气，郑重其事地说："陈衡只是我的客户，我们最近这一个月，都在谈工作上的事。"

连她也不明白，自己为什么要再三解释。

"围在你身边的那些男人都是以工作的名义来接近你吗？"方木深似乎并不领情接受她的和解。

想要夏家的女王大人一直退步，忍受冷嘲热讽，几乎是不可能的。

她毫不客气地反击："我一直单身，身边的人不多不少，总会有那么几个。不过，自然没有方导受欢迎，回国才多久，绯闻从来就没有断过！"

"你有关注我？"方木深不怒反笑。

"娱乐报头版头条都是你，新闻里也连番推送，这么高调，我想不关注都难。"

夏觉晴压抑许久的火气在这个契机下，凶猛地从心底冒出来，她从不敢深究自己对方木深的感情，这一刻只觉得难堪和愤怒。

方木深却逮住时机，不肯轻易放过她："你以前从来不看娱乐报，也不会关注娱乐新闻，你如果不是有心，怎么会刻意留心关于我的新闻？"

"夏觉晴，七年前你没有回答的问题，现在可以给我答案了吗？"

这句话如同魔音落在心上，让夏觉晴浑身战栗，从指尖泛起凉意。

七年前的画面还历历在目，记忆的闸门瞬间被打开，伴随而来的是无法解脱的困顿和挣扎。

她现在坐在他的副驾驶座上，觉得每一分每一秒都是煎熬。

曾经的方木深满脸鲜血的模样像最深的记忆刻在她的脑海里，声音是沙哑的："我喜欢你，夏觉晴，我喜欢你……"

血腥味的告白，带着浓重深沉的灰色，像最寒冷的冬季里锋利的冰凌在皮肤上划开一道道的口子。

七年前，夏母接到陆城遇的一个电话，上山把方木深从小河寺里接出来。当时，夏觉晴也一同去了。

那天山上下雨，四处都是蒸腾的雾气，天地之间好像一个泛着冷气的大蒸笼，万物都是蒸笼中等待被烹饪的食物。夏母跟老师寒暄，夏觉晴进教室去找方木深，却扑了个空，视线扫了好几遍，就是没看到那个瘦弱苍白的影子。

"你们班方木深呢？"她问班上的其他同学，得到的都是否定的回答："我不知道啊。"

夏觉晴觉得奇怪，一个人在小河寺内瞎转，最后在柴房后的一口破缸旁找到了方木深。

看见他的那一瞬间，夏觉晴觉得心脏好像被一根刺猛地扎了一下。不见血，但是会很疼，无法缓解地疼，从一个点蔓延到全身，几乎让夏觉晴缓不过气来。

百米远的地方，他被人脱光了上衣，赤身坐在雨里发呆。

靠着一面光滑的生着潮湿青苔的缸壁，他偏着头，侧面的弧度瘦削而尖锐，眼睛闭上了，好像没有了声息。

手臂和胸膛上的骨头仿佛要戳破皮肤，几抹明显是被踢打出来的青紫格外刺眼。有的伤口已经结痂，有的被雨水浸泡得泛白。

夏觉晴隐约知道他在小河寺过得不好，但她所理解的不好，远没有这一幕来得惨烈。

她讨厌他，他本就不是她弟弟，只是一个毫不相干的外人，却顶着方木深的身份，出现在她的生活中。

可是这时候，她难过的情绪几乎要将她击垮。

雨伞举到他头上，想要扶他，却无从下手。

高傲的夏觉晴第一次手足无措，却装作若无其事地教训他："既然在这里受欺负，为什么不打电话告诉家里？"

她说完自己先没了底气。

为什么不告诉家里？即便是告诉了，又能怎么样呢？谁会在乎？

夏母对这个儿子已经渐渐失去当初的热枕和关怀，而夏觉晴历来冷漠以对，仿若局外人置身事外，不会在意他的死活，今天前来探望也纯属心血来潮。

无论是在小河寺，还是在夏家，他的处境其实没有多大的变化，同样的水深火热，如同浮萍无所依靠。

又或许，他从未想过要依靠任何人。

方木深听见夏觉晴的声音后睁开眼睛，也只是怔了一秒，而后就跛着脚站起来："你来干什么？有什么事吗？"连询问都是平静的，十来岁的孩子眼里的灰败和沧桑却如同一个垂暮的老者。

很多年以后，夏觉晴看着出现在电视屏幕上大放异彩的年轻导演，主持人采访他时问,您少年成名,很多业界前辈纷纷对您的作品赞不绝口,如此年轻就已经取得卓越的成就,是不是因为天赋使然呢?

夏觉晴懂得,天赋使然只是一部分。

他是方木深。

他只有二十来年的人生阅历,却经历了许多旁人一生都不会跋涉的痛苦与挣扎。甚至可以说,很多人的一生加起来,也不会比他承受得更多。

被拐卖、恐吓,大病一场之后忘掉以往零碎的记忆,成为一个没有过去的人。被收养,寄人篱下,得到过夏母极致的溺爱,后来从云端被抛弃,跌落泥尘,沉默寡言内向的孩子,小小年纪,已经学会看人脸色。然后是去小河寺学画,遭遇校园暴力。

接着孤身出国,独自在一座异国的城市摸索求生。语言不通,他找工作处处碰壁,只能去餐馆没日没夜地洗盘子。他被抢劫,追着黑人小偷跑了十条街,最后被一顿暴打。他去酒吧当服务生,因为长相清秀俊美,被客人纠缠,差点闹出人命。

到后来,走上导演这条路,也不知经历过多少磨难,再加上百年难遇的机缘,得到著名导演的指点和提拔,一步一步,才走到今天。

他所有的灵感和取材,都来源于他曾经历过的底层生活。

他曾在泥潭中打滚,被命运践踏成泥,血肉在困境中重铸,才有了后来的他。

夏觉晴重新回到曾经的记忆中,回忆起当年的她是如何告诉他的。

她说:"我和妈妈一起来的,带你回家。"

　　这样温情的一句话，要是在平日，她必定说不出，但在那样的境地里，许是出自于怜悯，她几乎不假思索就开了口。

　　方木深听到她的回答，脸上的神情终于有了起伏，他似乎在思考夏觉晴这句话是什么意思，望着她后方的灰白墙垣出神。突然，他朝夏觉晴猛地扑过去。

　　一切发生在电光石火之间。

　　夏觉晴还未察觉到就发生了，只见面前的声音忽然直接冲向她，双手和身躯抱住了她的头。

　　她真切地感受到了来自于他的重量，紧接着是一声忍耐的闷哼。悬挂在外面的青铜钟从树干上脱落，砸到他的背脊上，感同身受般，她的呼吸一窒。

　　头顶有鲜红的血珠成串地掉落下来，温暖地，滑进夏觉晴的脖子里。

　　从骨髓里泛起的惶恐，让她无法呼吸。

　　他双手环住了她，保护的意味太过明显，意识已经模糊，却在硬撑着告诉她，声音呜咽："我喜欢你，夏觉晴，我喜欢你……"

　　大概人在面临死亡时，会选择孤掷一注。如同回光返照，滋生出勇气。

　　他的脑袋还在源源不断地冒出鲜血，他无比清晰地感受到生命的流失，力气从身体中一点一点地抽离。

　　而埋在心里的话，以为会一辈子腐烂在心里的话，却在这种情况下说了出来。

　　夏觉晴被他短短一句话，震惊到无法言语。

各种情绪交织在一起，几乎让她的脑袋爆炸。气急之后，她做了一件连自己都无法原谅的事情。

她打了方木深一巴掌。

清脆的响声，犹如在耳，仿佛永远地储存在脑海中，至今仍记得。

她更没有想到，她那一巴掌会把原本在发烧，处于极度虚弱状态的方木深彻底地打晕过去。

一记耳光，是她和他少年时代最初告别的形式。

方木深被大钟砸出重伤，他在医院养伤，恢复之后向夏母提出了出国的请求，飞去大洋彼岸另一个国度，从此在夏觉晴的生活中销声匿迹。

她的"谢谢"和"对不起"始终哽在喉咙里，没有机会再说出来。

直到七年后的现在，跨越岁月的洪流，他的声音又响在了耳边，她听他问起："夏觉晴，七年前你没有回答的问题，现在可以给我答案了吗？"

亘古一般的沉默。

他们势如水火，连告白都硝烟缭绕，难以安宁。

思考之后，夏觉晴依旧拒绝："你和我就是名义上的姐弟，不可能会有结果。妈妈今天知道我和陆城遇之间没戏了，凑不到一起，很快，家里的长辈就会替我安排相亲。如果遇到合适的，我会选择嫁给对方。"

她看了方木深一眼，说："而你也应当会和自己真正喜欢的人结婚。"

"呵……"他冷笑出声。

他恨极了她这种不痛不痒的模样，瞬间，愤怒像呼啸的山雨翻滚袭来，把他的理智扫荡得一干二净。

"我对你难道不是真正的喜欢吗？你凭什么直接判定？夏觉晴，你不知道我心里的想法，又怎么能随便否认我对你的感情？"

"我不需要知道！"夏觉晴急于否认，"你的感情是真是假对于我来说不重要，也没有任何意义！"

"你敢说你对我没有半点感觉吗？"

"没有！对于你，我除了讨厌以外没有任何的感觉！"

"你再说一遍？"方木深的脸上带着虚晃的笑，扬起的半边嘴角蕴藏着危险的意味，盯着夏觉晴的眼神里像燃起了两簇灼人的火焰。

可偏偏，夏觉晴最常做的事情就是惹怒他。

"我讨厌你，方木深，我讨厌你，我从来没有这样讨厌过一个人！"

道路疏通，车流散去。方木深踩下油门，笔直地往偏僻的路径上开。

车子疾驰而去，一直行驶到郊外，在逐渐空旷的道路上越跑越远，夏觉晴看见车窗外摇曳的油绿稻田才意识到不对劲。暮色四合，路灯一盏一盏亮起来。

车速越来越快。

夏觉晴几乎紧贴在座位上，不能动弹。

前方的湖泊渐渐出现在视野当中，一片碧绿倒映着天空。汽车笔直地朝着湖泊的方向飞驰而去，越来越近，方木深完全没有要减速的预兆。

"方木深你疯了！"

夏觉晴的心脏狂跳，冲向湖泊的那刻，她紧张得闭上了眼睛。急刹车刺耳地响起，车在最后的关头停住。

一个车轮几乎悬空。

夏觉晴咆哮："你究竟想干什么？"

"干你啊……"方木深朝她一笑，双手突起青紫色的血管，犹如叶片上清晰的纹路。他看着夏觉晴，双眸中流露出疯狂的神色，"先——奸——后——杀。"

夏觉晴气急："你……"

方木深语气似调笑："我刚才就不应该和你多啰唆，直接上就好了。"

他从驾驶座直接翻过去，压住夏觉晴，车身仿佛因为他的动作一晃，往下沉了一沉，像是悬在岸上摇摇欲坠。

夏觉晴被吓得一惊一乍，竟暂时忘了反抗。待清醒过来，她扬起巴掌，却被他遏住手腕，轻易地破解。

"夏觉晴，这招七年前就已经不管用了……"

他把她的双手举到头顶，束手就擒的姿势，凶狠的吻密密麻麻地落下来，换来她更激烈的挣扎。

粗粝的呼吸声分不清谁是谁的，如同彼此嘴巴里弥漫的鲜血的味道，也分不清究竟是谁的。

就像狼烟四起的战场，就像古罗马的斗兽场。

从来没有这样一个人，这样鲜活而深刻地提醒着方木深，他还活着。宛如死去的心，仿佛枯木逢春，有了些许的生机。

他的动作逐渐缓慢起来，带着安抚的意味，如同小动物般轻轻舔舐夏觉晴的唇畔，情人般呢喃她的名字："觉晴，觉晴，觉晴……我很想你，每天都想……我用了七年时间，到现在才敢走到你身边，你为什么还要拒绝我呢？"

夏觉晴也终于安静下来，不知被哪个字触动了泪腺，眼睛里布满血丝，眼泪摇摇欲坠。

剑拔弩张的气氛终于得到一丝缓和，难得生出些许的温情，却被方木深突然响起的手机铃声打破。

方木深咬牙切齿地接通电话，就听陆城遇在那头欠揍地说："怎么样？你和觉晴到家了吗？你们两个现在应该有进展了吧？"

方木深看着不知不觉中夏觉晴被自己脱掉一半的雪纺长裙，肩带挂在她的手臂上，要掉不掉，心里火冒三丈。

陆城遇八成是故意的。猜想这时候方木深应该和夏觉晴单独待在一起，打个电话过来凑热闹。谁叫方木深经常深夜打电话来骚扰他，严重耽误了他的睡眠时间。

对于陆城遇来说，君子报仇十年不晚，他不会放过机会反击，俨然一副君子坦荡的模样，丝毫不见愧色地向方木深表示："那行，你继续忙吧，我就不打扰你们了……"

方木深的怨念很深。

——我已经被你严重地打扰到了！

02. 线索一个一个，断掉了。

陆城遇愉快地挂断电话，月亮已升起来。竹林前影子幢幢，前排的几棵树干上挂着彩灯点缀，在夜色中闪烁着五颜六色的光。

千沐游乐场里依旧人声鼎沸，喧嚣没有消散，一如既往的热闹。

程东明的三轮车还停在原地。

陆城遇和叶悄就站在旁边冷饮店的招牌后面，那是一个死角，不易被外面的人发现，却能清楚地看到外面。当程东明出现的时候，叶悄第一眼就看到了他。

叶悄拉了拉陆城遇的袖子，小声说："人来了。"

两人配合默契，当程东明偷偷摸摸地准备检查车厢里的东西时，两人直接左右包抄，冲了过去。程东明想要挣扎，却被陆城遇反手擒住，牢牢地制在地上。

"我们等你好久了……"

程东明还处于惊吓的状态，准备惊呼救命，叶悄一把捂住他的嘴。

"你要是敢喊，我就弄死你。"她故作凶神恶煞，"或者，我们直接把你交给警察，把当年你开车撞死郭远的事情重新扒出来……"

"唔……"程东明一个劲地摇头，表示自己愿意配合。

叶悄朝陆城遇使了个眼色，两人押着程东明去更加僻静的角落。

整个过程，像两个土匪在拦路打劫。

令陆城遇诧异的是，叶悄干起这种事情，似乎得心应手，看来她当初说读书时代和男生一起打过几次架，也真是名不虚传。

陆城遇开门见山，已没有再多的耐心经得起消耗，对程东明说："你可以选择把你知道的全盘托出，这样或许还有一线生机。我们都调查清楚了，你家里现在有老有小，要是没了你，你家里人兴许都活不下去了。"

他说话的语调不见有多凶狠，墨黑的眼睛里，却有强烈的压迫感，散漫中透着认真，仿佛程东明要不肯坦白，他就真的会不择手段。

程东明这样一个身高接近一米八的男人，莫名地浑身战栗了一下，回想往事时，仍显得十分痛苦。

"当年确实有人联系过我，给了我一笔钱，委托我对郭远下手。我不知道对方是怎么找上我的，或许是因为那段时间我孩子病得严重，我缺钱缺得厉害，四处管人借钱，让对方以为我会为了钱什么事都肯干……

"我确实动心了，跟对方达成协议，收了一半的定金。他每次都是用电话亭的公用电话联系我，而我又找不到他，只能等着他那边主动联系……

"他给我提供郭远的具体行程，策划在暴雨天动手，佯装成刹车失灵，把郭远的车撞翻……

"到了计划好的那天，我后悔了！我良心不安，准备放弃，但最后关头我发现自己的车已经被人动了手脚，刹车是真的失灵了！

"我没想要杀人！"

程东明说到最后懊恼地捶打自己的头："这些年我也很后悔，只要一想到这事，我心里就膈应。如果再给我一次机会，我一定不会干这种事！撞死人也不是我的本意！我辞了之前的工作，已经不敢再开车了。而且那一半定金我也没敢私吞，拿出一部分付了我儿子的医药费，还有一部分全捐给郭远他家了……"

叶悄说："你那只是做贼心虚、愧疚难当，想追求自己良心上的安宁而已。"

程东明着急地辩解，再三强调："我真的没想要杀人，我压根就不知道自己的车事先被人破坏了刹车！"

陆城遇说："我们凭什么相信你的一面之词？"

程东明也知道自己的说辞没有半点说服力，沮丧地说："那你们想怎么办？"

陆城遇要听一个人的真心话，没有别人那么困难。前提是，叶悄在他身边。

他的眼睛像深林重雾，轻易让人迷失，意志力原本就不坚定的程东明立即失去神智一般，陷入到这场迷雾中。

陆城遇控制程东明的意识，得到的答案和程东明之前说的没有差别。

可见，程东明并没有说谎。

"你还能回忆起任何有关于当年跟你联络的人的特征吗？"陆城遇问。

程东明老实地答道："我们没有见过一面。他打电话的声音也听得出来，用了变声器，是通过特殊处理了的，连是男是女，是多大的年纪，都判断不出来。"

陆城遇问："钱是如何交易的？"

程东明机械又木讷地说："他指定地点，把钱放在那里，然后知会我过去取。"

陆城遇最后问："那人说话的语速如何？音色可以通过处理，进行改变，但一个人说话时惯有的语速是不会突然变化，你可以通过他的话，推敲出来一些有用的信息。"

程东明的潜意识在跟着陆城遇的指使走，过了两秒之后，才说："我记得他的声音不急不慢，和我谈交易，还有吩咐我去撞车，也都不慌不忙，没有一点紧张的意思，绝对不是临时起意的，像是事先早有准备……"

陆城遇知道，郭远这人性子温吞，平日里沉迷于建筑设计，也不会有和人结下深仇大恨的机会，更何况让对方如此精心策划，非得置他于死地。

按照冯绣葵的说法，郭远之前顺顺利利的，在调查他母亲的事件之后才惹祸上身，这明显是想要阻拦郭远继续追查真相。

而程东明这边的线索，也无法再提供有用的信息。

事情仍然没有取得大的进展。

叶悄从兜里拿出钱来数一数，把之前卖东西赚的钱全部归还给程东明："你这些年活得战战兢兢，不如自己去一趟派出所交代清楚。"

程东明离开陆城遇的眼睛注视，顿时像灵魂回到身体中，意识清醒过来，坐在旁边的台阶上抽起了一支烟。

半晌，他点了点头。

Section 12 ────

－ 悄悄，你可以试着依靠我。

01. 在我心里最美的情话，是关于你难以启齿的芳华。

叶悄在纸上画了一个人物关系图。

林秋漪、冯绣葵、郭远、程东明，还有郭远曾经多次标记的《大娱乐报》。联系起来，无一不暗示着，林秋漪的纪念馆设计抄袭一案另有隐情。那么是谁在背后操纵这一切呢？又是谁非得让林秋漪身败名裂，恨她到这种地步？

陆城遇说，他母亲生前得罪的人不在少数。

林秋漪是建筑设计方面的天才，天才总是招人嫉妒的，她个性又强，从不懂遮掩锋芒，光是在这一领域就已经不知道让多少人看得眼红。何

况她点评起业界同行的作品，犀利又毒舌，不会嘴下留情，往往容易让
人记恨。

这样一来，更没有办法推测幕后者的身份。

难道林秋漪真的是因为天赋和才华惹祸上身的吗？又或许，有更深
层的原因。

叶悄大胆地假设和猜想着。

叶悄去陆城遇的公寓找他时，他刚在花圃前浇完水，替两株白茶修
剪了枝桠。

他今天穿得更随性，一身宽大的灰色家居服，质地柔软，脚上是双
手工制作的舒适布鞋，看上去身形修长，静谧又温暖。黑色的头发在阳
光下照耀着，发尾仿佛显出了点微微的淡棕色。

骨节分明的手指上套着一把剪子，他歪着头，左右摆弄着半人高的
茶树，似乎在思考这次要给它们换个什么造型才好。

叶悄想，调查林秋漪的事情停滞不前，他心里多少会有些沮丧和难
过的。

现在看他这样子，还真看不出他的情绪是否低落。

不同的人在伤心的时候有千万种表现，有的喜欢去狂吃一顿，吃到
吐，胃里和心里一起被掏空。有的喜欢喝酒，喝到人事不知，不如意的
事情通通甩到脑后。还有奇葩一点的，叶悄以前有个初中同学，每次跟
高年级的学长告白失败，就诗兴大发，一首一首苦情诗在一夜之间贴满
整个女生宿舍的走廊，像贴大字报一样。叶悄不知道她那位同学现在是

不是已经成长为某位了不起的诗坛巨匠。

而陆城遇这个人，他发泄情绪的方式是怎么样的，叶悄还摸不透。

忽然想起，一直以来，他将就她的情况比较多，处处照顾她的情绪。在这场恋爱中，显然，他比她更用心。

他总喜欢说：悄悄，你可以试着依靠我。

叶悄站在楼底浓密的槐树树荫下，安静地看着陆城遇在阳台上的一举一动。叶悄想了想，掏出手机来飞快地按了几下。

"叮咚——"

房间的电脑上发出清脆的提示音。

陆城遇放下剪刀，进屋去看，宽大的显示屏上弹出来一条消息，来自于许久不曾点开过的旧海论坛。

自从他和叶悄在现实世界中重逢之后，"陆三"和"悄无声息"这两个虚拟的网络代号已经很少再使用了。

令陆城遇诧异的是，给他发消息的人还真是叶悄。"悄无声息"的头像在闪动着，是一片树叶的图案。

对话框里只有简单几个字：到阳台上来。

陆城遇摸不着头脑，等再次出现在阳台上时，叶悄已经趁着他一进一出查看消息的这一两分钟时间，做好了准备。

她摘了路边开得最热烈的一枝玫瑰，红到妖冶的颜色，花瓣上有冰裂般的纹路。

薄藤色的短发在阳光下熠熠生辉，额头上渗出了汗珠。她站在草坪上，背着光，像一个不惧烈日的勇士，朝陆城遇举起手上的花，扯开嗓子，一边大声地朗诵：

在我心里最美的情话，
是关于你难以启齿的芳华。
痴你与泡沫天真地玩耍，
念你的胴体于莲花洒下。
愿能以我之姓冠你之名，
凝视你含情脉脉的双眸。
恋那摩擦在床板之上的云雨巫山，
爱你我肆意放纵的鱼水之欢。
命运的安排把我带到你的身畔，
愉悦你的肉体，
震魄你的心灵。
在你身上，
我知道自己该遵从尼采，
还是叔本华。
请让我兴奋于猜到你体重的喜悦，
请让我沉醉于陪伴你共餐的欢愉。
请让我为你送上生命中那每一束美艳的鲜花。

叶悄声音清亮，万丈豪气冲天，惊飞了停在树梢上休憩的三只麻雀。

路过的情侣看见这一幕，见鬼似的看着她。

而她目不转睛，望着陆城遇哈哈大笑，神采飞扬，两颗小虎牙闪着白光，双手叉腰笑得很嚣张。

短短两分钟里，陆城遇的脸色变化莫测。听完这首诗朗诵，心里已经不知道用什么来形容。

饶是见过了大风大浪，也被这姑娘惊吓到了，抹了把汗。

因为程东明那里的线索中断，无法继续追查，一时停滞在心里无法纾解的郁闷情绪，在她明媚的笑声中，忽然消散。

陆城遇看着楼下的那个人影，心像陷入柔软的棉絮里，轻得快要飘起来。

她还在朝他反反复复地喊——

"请让我为你送上生命中那每一束美艳的鲜花，陆城遇，我喜欢你啊……"

几年之后，叶悄作为一位著名的香水调制师，被邀请到一个访谈节目做客。

主持人提问："你替自己的伴侣做过最浪漫的一件事是什么？是不是替对方调制一款专属于他的香水？"

叶悄听后想了想，摇摇头说："应该不是。"

应该是那个夏末，那个午后。她为了安慰一个人，顶着大太阳，手里高高举着一枝带刺的野玫瑰，汗流浃背地给他朗诵一首尺度颇大的情诗，笑得嘴角咧开。

然后，他看着她也笑得嘴角咧开。

就像是两个傻瓜。

门从里面打开，陆城遇伸手一把把人拉进去，叶悄被他抵在墙壁上亲吻。

他敞开双臂拥抱她，犹如溺水的人牢牢抓住她，仿佛她是世上唯一温暖的来源和救赎的浮木。

"悄悄，你胆子很大嘛……"他不忘轻笑着调侃，"简直胆大包天啊……居然敢这么张狂地跟一个男人表白……"

"嗯，我胆子比较大，特别是在喜欢一个人的时候。"叶悄偏过头笑，一个深吻便落在她白皙消瘦的锁骨旁，瞬间被吮出一个红印。呼吸不稳，却还逞强地问，"你现在开心吗？城遇……"

她一句话，他的吻就柔软下来。

一点一点，细密地落在她的额头上、眼睛上、脸颊上，像夜晚洒在荷塘上的白月光。

所有的一切都刚刚好，只因为身边有了这个人。

他知道，不管以后的路如何难走，会通向哪里，他们都将携手并肩，一起走下去。

02.“我想看高傲的女王大人被人从神坛上拽下来。”

连续加了几天班后，叶悄完成一个紧急订单，借助陆城遇这个催眠体，躲在房间里昏天暗地地睡了一天一夜。

自从遇见陆城遇之后，对于叶悄来说，最幸福的一件事，就是可以随时随地睡觉，再也不用忍受明明又累又困，却无法入眠的焦虑和煎熬。

她醒来以后精神抖擞，身体的能量已经蓄满，兴致勃勃地拉着陆城遇去电影院看最新的电影。

在电梯门口张贴的巨幅海报上，叶悄又发现了那个熟悉的名字——方木深。

导演方木深。

她不由得对陆城遇说：“你这个朋友最近的出镜率好像有点高，我刚才还在女厕所听见有人在讨论他又和一个省级卫视的主持人勾搭上了……真是看不出来，我那次在千沐游乐场看见他，觉得他应该是那种清心寡欲的人，原来这么花心……”

陆城遇说：“他当然没有我专情。”

叶悄笑着斜了他一眼：“你不是说，他喜欢他姐姐夏觉晴吗？他这样乱来，就不怕她伤心吗？”

“夏觉晴伤不伤心还不一定，依我的了解，阿深被虐比较多。”

“明明夏觉晴才是你的青梅竹马，为什么你好像比较偏袒方木深？”

“这个啊……”陆城遇想了想，笑着说，“可能是因为我比较想看高傲的女王大人被人从神坛上拽下来的样子……”

叶悄："……"

高傲的女王大人，被人从神坛上拽下来的样子，比如现在。

她提着一个亲手做的生日蛋糕，坐了两小时的计程车，一路颠簸来到北山景区外，却被剧组的工作人员拦住了，无论如何也不肯让她进去。

"我找你们方导。"夏觉晴踩着十厘米的高跟鞋站在凹凸不平的石子地上，理直气壮地说。可她却怎么也不想透露自己的身份，说自己是方木深的姐姐。

"方导现在拍戏正忙，哪儿有时间跟你们这些小粉丝见面？"对方见多了这种情况，不留情面地拒绝了夏觉晴。

夏觉晴看着手里的蛋糕，一气之下，真想直接扔了喂狗。

事情还得从前两天说起。

方木深新戏开机，匆匆忙忙去了荣城隔壁的一个省份。那里的北山景区中，保留了一部分完整的清朝建筑。方木深带着人过去，一头扎进剧组，专心拍戏，两耳不闻窗外事了，谁的电话也不接。

他是真的喜欢这行，所以才肯这么投入。不像当初十多岁时，为了讨好夏家人，硬逼着自己学画，学建筑设计，那样勉强自己，还是没换来好的结果。

碰了无数次壁，撞了无数次南墙，他总该学会回头，努力地为自己活一次。

夏母打了两回电话，那边都没有打通，难免有了些脾气。想起过两天就是方木深的生日，心里又觉得歉疚不已。

刚好夏觉晴要去和客户亲自面谈一个合作项目，就在隔壁省。夏母就吩咐她，去方木深的剧组探探班。

夏觉晴心里也有愧，最近又总想起当年自己打他的那一巴掌，心里不知是什么滋味。工作还没完全搞定，她甚至亲自跑去甜品店做蛋糕。学着糕点师的动作，手中的蛋糕慢慢成型，设计好图案，把方木深喜欢的猕猴桃切好了，一片一片摆上去。

她不去想，自己究竟为什么要做这些，仅仅是因为歉疚，还是动心。

可等她好不容易在方木深生日当天来到北山，却吃了个闭门羹，连见都没有见上一面。

夏觉晴毫无办法，虽然夏母说了方木深手机是打不通的，但她只能试一试。没想到响了几秒之后，方木深居然接了。

"喂？"

他声音里听得出工作过后的疲倦，比以往的音色要低一些。

夏觉晴顿了一秒，说："是我。"

"有事？"

"我现在在你拍戏的北山，被工作人员拦住了，进不来。"

这次轮到方木深愣怔了，显然没有想到夏觉晴会出现在这里。他喉咙有点干，咳嗽了一声说："你在哪个入口，我出来接你。"

夏觉晴看了看不远处的石碑，说："我附近有块石头，上面写了'紫绒川'三个字。"

"我知道了,"方木深说,"你站在原地别动,我马上过来。"他在那头不知交代了谁两句,又把手机凑到嘴边,对夏觉晴补充说,"等我两分钟。"

北山多古樟。

二三十米高的常绿大乔木,拥簇着生长在一起,树冠张开,像一道屏障一样撑开在头顶,把日光遮住了大半。地上四处都是浮动的树影,还有蚂蚁藏在石头后面爬来爬去。

夏觉晴等方木深这两分钟里,没来得及听完一首歌,就听前方的栏杆后面传来说话的声音。

方木深和几个人在讨论着事情,从那一片葱郁幽静的树林背后走了出来。

他戴着一顶黑色的鸭舌帽,裤腿扎起一大截,袖子也挽起,这样的天气,居然还穿了件灰色的工作服。上一场戏不知道拍的是什么,他的肩膀和头发上都沾了些白色的泡沫屑,整个人看上去不修边幅,偏偏面孔俊美,举手投足间吸人眼球。

夏觉晴一眼就看到他。

方木深朝她走过来,看见她手上提的蛋糕,下意识地问:"谁生日?"

夏觉晴说:"除了你还有谁?"

她把事先准备好的官方说辞,全部搬出来:"我刚好过来这边谈工作上的事,妈妈让我顺便过来看你,给你带个蛋糕。"

方木深这才想起今天的日期。

他不由得一笑，说不出的讥讽："你送给我做什么？"

夏觉晴没想到他会是这个反应，声音也沉下来："你什么意思？"

方木深说："你明知道今天是你弟弟的生日，并不是我生日。至于我哪天出生的，你们不知道，我自己也不知道。"

其实他陈述的都是事实，可平平淡淡说出来的话，就像是带了刺，往她的心上扎。

夏觉晴先前就碰了壁，心情不太好，耐心所剩无几。

"是不是存心挑刺？"

方木深继续刺激她："你手里的蛋糕，不应该送去墓地吗？"

"方木深！"

夏觉晴手上的蛋糕盒狠狠砸到他头上，又重重弹回地面。

上面黛青色的绸带散开，包装被摔烂了，精致的还散发着诱人香味的蛋糕变了形，吸引着四周的小蚂蚁前来觅食。

方木深的额头被盒子尖锐的一角划伤，皮肤上留下一道红痕，格外显眼。

他站着一动也不动，看着夏觉晴气急败坏地脱下高跟鞋，打着赤脚走公路回去。

进入北山的是一条盘山公路，最近的公交车站也在山下，走路下去估计得一两个小时。夏觉晴原本是准备碰碰运气的，看能不能搭到路过的顺风车，但显然她今天运气欠佳。

明晃晃的太阳让人无处遁形，她沿着路边走，十分狼狈。

今天的方木深像吃了火药，功力又进步了，差点把她气出内伤。

每次和他吵完架，她都会感到一种沉重的疲惫和倦意。两败俱伤，说的就是他和她之间。而很多时候，两人连十句话都不会超过，就会莫名其妙地撕破脸。

后方行驶来一辆车，夏觉晴听见刹车的声音，以为自己终于暂时获救了。她正想跟车上的司机打招呼，车窗摇下来，露出一张凶神恶煞的男人的脸。

男人趁夏觉晴没有防备，快速地伸出手，有准备地擒住夏觉晴右肩上的包，抓紧了往车里一拉。

夏觉晴被对方的力道带得一个趔趄，来不及呼救，车子已经飞快地消失在公路转角。

她的钱包、手机、身份证，身家性命，一并被抢走了。

空旷的路上，夏觉晴站在中间，一时失了神。

兴许因为情绪本来就糟糕，平生第一回遇到打劫这种事情，反倒没有特别强烈的懊恼和烦闷。她在半分钟内就恢复了冷静，一个人坐在路边的石头上，扶着被太阳晒得有些昏沉的脑袋，思考接下来该怎么办。

按原路返回去找方木深，或者……坐以待毙。

都是很差劲的选项。

夏觉晴还在心中权衡利弊，如同高中数学试卷上的最后一道选择题，总是最难得出答案的，她想不出一个好的解决问题的办法，身后来了人也没注意到。

"夏觉晴，你是不是嫌命太长了？一个人走盘山公路的时候不会有半点防备意识吗？还是你以为这世界上都是好人？"方木深的嗓音里有着一贯的淡淡的嘲讽意味，"我以为你走得那么潇洒，是和司机约好了的，但是看来我真是高估你了。"

他果然不会轻易放过任何可以损她的机会。夏觉晴想。

"我没有力气跟你吵了，"夏觉晴难得举手投降，自暴自弃地说，"你带我去剧组，或者下山，都可以。再或者，你给我钱和手机也行，全都随你……"

她口气软了，方木深也无法继续刻薄下去，抓住她的手腕往山上走。

夏觉晴没打算反抗，却被他掌心不正常的温度惊得一震。她用另一只手去摸他的额头，触手滚烫。

"你发烧了！"

夏觉晴终于发现方木深今天态度特别恶劣的原因。

持续高烧，他自己草草吃了两粒退烧药就接着拍戏。心情暴躁，一点即燃，在片场就开嗓骂过几个演员了。夏觉晴送蛋糕来，无疑撞到了他的枪口上。

方木深回头狠狠瞪了夏觉晴一眼："闭嘴。"

"你发高烧了知不知道！"

"闭嘴！"

他凶狠地吻她，堵住她的嘴，然后举起手机，趁着夏觉晴不注意，"咔嚓"一声，把这个画面定格在手机相册里。

"你再不听话，我就把这张照片发给妈妈，"方木深恶劣地笑着，威胁夏觉晴，"并且告诉她——我们俩已经上过床了。"

回到剧组之后，方木深和夏觉晴两个都病倒了，被齐齐送去了医院。

一个是因为高烧发热，一个是因为中暑和缺水，连住都住在同一间病房里。

夏觉晴醒了之后急着回酒店工作，准备之后要用的设计图，她在方木深这边已经耽误了太多的时间。

方木深一把扯了针管，下床冲到门边把人拦住："你敢直接出院试试？"

在夏觉晴眼中，他这简直是在无理取闹。

"我现在已经好了。"

"医生没来复查之前你别想走。"方木深压根不跟她讲道理，仔细听，还真像未成年人的幼稚口气。

夏觉晴为了避免两人一言不合，在医院里吵翻了天，只得向他解释："这笔单子很重要，我过来这边就是为了要完成它，绝对不能被我搞砸。"

"交给城遇吧。"方木深轻描淡写地替毫不知情的陆城遇揽下了这个活儿，"城遇的工作能力你应该了解，交给他准没问题。"

方木深把夏觉晴重新按到床上休息，说："我帮你联系他，你先吃点东西，再好好睡一觉。"

这话温柔得不像出自于方木深之口，极具安抚性和感染力，让夏觉晴绷紧的神经放松下来。

又抑或是因为方木深自己还套着宽大的病服，烧还没有完全退下去，却不肯让她一个人走，让她心软，她终于放松下来，点头答应了方木深的提议。

Section 13 ───────────

- 除了你，还会有谁心怀不轨地跳进来？
- 我确实惦记你很久了

01. "阿深有没有可能是你弟弟？"

远在荣城的陆城遇在傍晚收到了一封来自于邻省的邮件。

让他诧异的是，邮件是用夏觉晴的账号发过来的，内容却是方木深写的。大致讲的是夏觉晴生病了，有一个项目的设计图还差个收尾，让陆城遇帮忙给解决了。

各种原文件一股脑儿打包塞了过来。

陆城遇感叹，方木深这个重色轻友的家伙！

难得叶悄下班赶过来找陆城遇的时候，发现他正在伏案工作。

叶悄自从认识陆城遇以来，跟着他厮混，实在很少见他忙工作上的事情。叶悄老觉得，作为一个建筑设计师，陆城遇似乎太闲了一点。

咳，给她一种不务正业的错觉。

这次终于看见陆城遇肯务正业了一回，叶悄还挺高兴的。跟他待在同一个书房里看书，也没出声打扰。

等到陆城遇手中的设计图完工，已经到了晚上十点。

叶悄窝在沙发上打瞌睡，杂志掉到了地毯上，她浑然不觉，脑袋往后仰着，嘴巴微微张开一条缝。

陆城遇走过去，静静看了看她之后，才蹲下来喊她的名字："悄悄……"

叶悄醒过来："你忙完了啊？"

陆城遇说："还差几点，明天再做，这其实是夏觉晴的工作，图纸在明天下午之前发给她就行了，时间也不算赶。"

叶悄没想到夏觉晴那么要强的人，居然会主动找陆城遇帮忙。

陆城遇一眼看出叶悄心里的话，解释说："是阿深发邮件联系我的，他们俩现在在一块儿。"

叶悄顿时好奇："他们之间能好好相处？"

"磨合磨合就好了……"陆城遇说，"我记得阿深到夏家时才八岁，如今十四年过去了，他和夏觉晴之间总该会把彼此的脾气或多或少磨掉一些……"

叶悄忽然敏感地捕捉到陆城遇话里的信息，她问陆城遇："夏家收养的现在这个方木深是在十四年前？"

陆城遇点头："是啊。"

叶悄想起了叶尚。她弟弟走丢时才八岁，也是在十四年前。但这或许只是一个巧合而已，全世界每天失踪的孩子有那么多。

她却还是忍不住想要打听更多："那你知道他是被从哪个地方带回来的吗？"

陆城遇说："这个外人都不是很清楚，连夏觉晴估计也不会知道。据说是夏家一个长辈去某个地方旅游，偶然的机会下，在街头乞讨的人贩子手里发现了他，才把他带了回来。"

陆城遇知道叶悄又在想叶尚了，那是她心上最难以治愈的一道疮口。

"是不是在想，阿深有没有可能是你弟弟？"

"嗯。对于叶尚，我已经没有原则和底线了。最疯狂的时候，我走在大街上，随便看到个年龄相仿的男孩子，都会猜想，他有没有可能会是小尚……"

陆城遇伸手过去，在她的脸颊上安慰地抚摸了一下，问："小尚身上有没有什么胎记，可以用来辨别身份的？"

叶悄说："我妈说他左边屁股上有块红色的小印子。"

陆城遇囧了一下，说："总不可能让我去把阿深的裤子扒了，然后检查一遍吧？"

叶悄脑补那画面，也跟着囧了一下。

"人长大了容貌会变，我认不出来。但叶尚小时候的样子，直到现在我都记得。你有没有方木深小时候的照片，或许给我看一眼，我就能分辨出来了。"

陆城遇摊手，他没有。

"要找阿深的照片，最靠谱的地方就是夏家了。"

陆城遇只是随口一提，而叶悄的行动力很快。第二天，她就以私人香水调制师的身份主动跑了一趟夏家。

夏母对她印象深刻。

毕竟她们前几天才在地狱主题餐厅狭路相逢，在夏母眼中，叶悄可是抢走了自己的准女婿陆城遇。夏母对叶悄的态度绝对算不上好，但良好的修养让她没有把叶悄扫地出门。

"夏夫人，上次见过您之后，我一直默默不忘。这次我们实验室准备推出一款个性香水，主打人群就是您这种消费者，香水调制出成品以后，我第一时间想到的就是您，想拿来给您试用一下，听听您的反馈意见……"

叶悄一进门，就把夏母的气质和外貌夸得天花乱坠，把夏母夸成了广寒宫里的那位天仙。接着又马上亮出香水，夏母的敌对情绪差不多也就去了一大半。

女人总是喜欢听好听的，也难以拒绝香水。

叶悄投其所好，终于安稳地坐到了夏家的沙发上，得到了不错的茶点招待。

借口拉肚子，叶悄跑了几趟厕所，一趟比一趟的时间长。

渐渐地，叶悄隔个五分钟不出来，夏母也不觉得奇怪了。

叶悄躲在厕所门后观察外面的情况，然后成功地避开了夏母和管家的视线，找机会上了二楼。

夏家二楼的房间一共有五个，不规则对称分布。从外面看上去，绝对分辨不出哪个是方木深的房间。

叶悄悄悄地打开离楼梯口最近的房门，对面的墙壁上有一副巨大的夏觉晴的个人写真照。叶悄立马又偷偷关上房门，退了出去。她误打误撞选择的第二间房，是夏母的房间。

走廊的木地板上传来一阵脚步声，听音色，应该是管家路过外面。为了保险起见，叶悄还是打开旁边的一个柜子，躲了进去。她在柜子里却发现几个抽屉。

得来全不费工夫。

叶悄在下面的一个小抽屉里，找到了许多本老相册，从封面上看得出，已经有些年头了。

借着两扇柜门之间透出的微光，叶悄一张一张地翻看。多半都是夏母年轻时和夏父的照片，两个人相依相偎地站在一起，甜甜蜜蜜。

令叶悄惊喜的是，中间夹了一张与众不同的黑白寸照。不是夏母，而是另外一张完全陌生的面孔，明亮而惊艳，含笑的眼睛里水光潋滟，隔着多年的时光，依旧美丽动人。叶悄不由自主地多看了两眼，突然有熟悉的感觉，似曾相识。

她翻到背面，看到了三个蝇头小楷，写着林秋漪的名字。

果然是陆城遇的母亲，他们母子二人的眉眼间有几分相像的地方。这样芳华绝代的人，怎么会涉嫌抄袭日本设计师的作品呢？

叶悄这些天和陆城遇一直在为林秋漪当年的案件奔波，今天总算得见真颜。

听陆城遇说，林秋漪年轻时和夏母关系很亲密，是闺蜜一般的存在。在夏母的相册里看到一张林秋漪的相片，倒也不觉得奇怪。

照片再往后翻，一个女孩出现在画面当中，是夏觉晴。

照片里记录了她成长的点点滴滴。如今的女王大人，小时候也竟然有过光着身子在草坪上和狗狗赛跑的经历，叶悄突然恶趣味地想，要是把这些相片保存进自己的手机里，以后就多了一个谈条件的筹码。

手指越往后拨动，叶悄的心几乎要跳出来，一股无名的紧张感，在她身体的每一个细胞中无限繁殖和扩散。

下一秒钟，她看见了幼时的方木深。

和叶尚小时候长得几乎一模一样的方木深。

褓褓中的婴儿，蹒跚学步的孩子，再大一点，是他光着脚丫、捧着瓷碗坐在门前台阶上，哭得稀里哗啦，眼泪鼻涕一起肆意横飞。

叶悄震惊得嘴巴微微张开，心里百转千回。

如果现在这个方木深是在他八岁时被收养的，而收养他的理由，是因为他幼时的长相和夏家夭折的小儿子、真正的方木深极为相似，那么，这是不是意味着，现在的这个方木深很有可能会是她的弟弟叶尚？

小时候的方木深，和小时候的叶尚，长得的确像是从同一个模子里刻出来的啊。

叶悄整个人缩在柜子里，愣愣着有点出神。

她迟钝地没有听见有人进入房间的声音，直到脚步声越来越逼近，她才猛然惊醒，却发现已经无处可藏。

如果这时候被发现，她不敢想象后果会如何。

叶悄仿佛能够感觉到有一双手，已经慢慢地伸向了柜门——

"阿姨！"陆城遇的声音从房门口传来。

夏母顿时回头，十分惊讶地问："城遇你今天怎么过来了？"

陆城遇笑得温文尔雅，装得谦逊有礼，说："恰好回这边，奶奶让我带点大闸蟹过来给你。"

"干吗还要麻烦你亲自跑一趟！"夏母虽然口头上推辞，但面上已经布满了和风细雨般的笑。

"不麻烦。"陆城遇说。

夏母钟意陆城遇做自己女婿，打心底里喜欢这个年轻人，遗憾他跟夏觉晴凑不成一对，这时候又不好再生他的气，只能拿出一个长辈该有的气度来招待他。

"走，去前厅坐，我上午才烤了一些小黄鱼，你也带回去给你奶奶尝尝，她最嘴馋这个……"

陆城遇不经意地在房间里扫视了一圈，视线在角落的一组原木柜上顿了一顿，然后若无其事地和夏母聊着话题，走出房间。

两人的说话声越飘越远，叶悄的一颗心才落回原位。

虚惊一场。

02. "我确实惦记你很久了。"

叶悄没有去前厅打招呼，直接从夏家侧门溜了出来。

想来夏母多半会以为她的身体实在不舒服，所以才不告而别。现在又忙着和陆城遇说话，估计也没闲暇工夫想起她这个小人物。

叶悄给陆城遇编辑了一条短信："我先回自己公寓了。"

那边的回复很快："好。路上注意安全。"

叶悄一个人浑浑噩噩打车回去，坐到电脑桌前，发疯似的在网上查找方木深的资料。他的个人信息介绍不多，倒是绯闻，一直以来，源源不断，没有哪个导演身上的非议有他多。

叶悄一部一部看他拍过的电影，心里有种撕裂的痛感。手机上和父母的通话记录还停留在一年以前。

当时荣城爆发了一次禽流感，叶父在电视上看了新闻，给她来电，问她身体如何，有没有感冒。

叶悄握着手机坐在床上，说我很好，一切都好，会照顾好自己，你和妈妈也是，要注意身体。

她挂完电话，想起接电话的那一刻，听到父亲的声音，陌生而遥远，差一点没有认出来。

沉痛的窒息感压迫在她心上，她坐在空荡、漆黑的房间里，眼睛像是那夜窗外的秋雨，冰冷而潮湿。

如果有一天,她终于把叶尚找回来了,是不是也意味着她又有家了?

陆城遇过来这边,在外面敲了半天的门,又打了十几个电话,都没有回应,急得差点报警。

他攀着窗户,从窗口跳进来时,叶悄吓得魂不附体,还以为遭了贼。看清是他,才放下手中准备拿来当武器的玻璃花瓶。

陆城遇被她的反应逗得笑了:"你这是干吗?一个人躲在房间里闭关吗?手机打了那么多遍也没人接。"

叶悄这才发现手机被自己扔在了外面沙发上,刚刚去夏家也就调了静音。

陆城遇在窗台边看了看,一脸诚恳地说:"我发现你这里不是很安全,稍微花点心思就能进来,你还是早点搬过去,跟我一起住比较好。"

叶悄无奈地望着他,说:"除了你,还会有谁心怀不轨地跳进来?"

陆城遇居然点头,开玩笑说:"我确实惦记你很久了。"

叶悄:"……"

陆城遇过来是问情况的,看看叶悄的夏家之行有什么收获。在门外等了那么久,没人开门,他就大概猜出来,叶悄估计得到了比较震撼的消息,心情难以平复。

这会儿,果然听她主动坦白说:"我发现——现在的这个方木深很有可能就是我弟弟。"

"你准备怎么办?"陆城遇问。

"我不知道。"叶悄神情迷茫，"而且我也不能完全确定，没有十足的把握。"

"阿深已经不记得自己小时候的事了，他的记忆是从来夏家开始的。"陆城遇说，"如果你直接问他，估计问不出什么来。"

叶悄叹了口气，双手撑住额头："我听你说过，他刚来夏家，就生过一场大病。"

她说完，自己慢慢调整心情，对着陆城遇笑了笑："其实现在这样也不错了，至少我有了一点关于他的消息。"

陆城遇莫名感到一阵心酸，俯身抱了抱她，手指理顺她蹭到脸颊上的头发，一言不发，温柔而强大。

Section 14 ——
- 下次你想喝什么酒
我都给你酿出来。

01. "她为什么要天天去你那里？"

方木深拍完戏从北山回来，荣城的夏天已经过完了。

这一年的秋天来得要早一些，他走在路上，脚下落了许多的梧桐叶。黄灿灿的颜色，覆盖了整条老街。

他给自己安排了几个月的假期，今年都不准备再接活，沉寂下来，休养生息。

他对荣城的感情不深，活了二十来年，待在这里的时光占据不到三分之一。更何况，还是不那么好的时光，不那么值得频频回顾的记忆。

房子买在环境优美的郊区，他偶尔也回夏家住两天，和夏家人的关系依旧不冷不热，只是没人再敢把他当成以前那个沉默阴郁任人欺负的孩子。

最显著的一个变化，是他不再传绯闻。

像是突然清心寡欲起来，收敛心性，连一次意外被狗仔拍到，竟然是他虔诚地站在祈安寺前的大树下许愿的画面。

双手合十，微微低头祷告。头顶的万丈阳光透过树叶的罅隙倾洒，树梢上不计其数的心愿牌和红丝带在风中轻荡，他的侧影在细碎的光影中沉淀，神情安静。

那一秒定格的画面，不知勾走了多少少女的心魂。

有人说，他一定是因为喜欢上了某一个人，才变成了现在这样子。网络上又开始传出各个版本的故事，当事人却坐在家里喝茶。

方木深把叶悄面前的茶杯蓄满。

叶悄最近隔三岔五跑过来拜访，方木深已经习以为常。家里酿好的青梅酒，偶尔还会想到要留一杯给她尝尝。

说是拜访，叶悄其实没什么好拜，也没什么好访的。

说来也奇怪，方木深的个性不易与人亲近，他和叶悄相处，两个人半天不说话，也不觉得尴尬，好像是认识了很多年的朋友。

不时聊上两句电影或者见闻，也还谈得来，两个人之间倒不至于有代沟。

方木深明知道叶悄心里藏着事，但她不说，他也不问，每天敞开门随她来。只要陆城遇不吃醋，他又不吃亏，有个老朋友一样的人每天过来坐一坐，其实是件很惬意的事情。

但他家那位，好像有点爆发的意向了。夏觉晴的电话来得凑巧。

"你在干吗？"

"喝茶看书想剧本。"

"一个人吗？"

"两个人，叶悄也在。"

方木深回头看坐在屋檐下吃葡萄的叶悄，她正努力地朝前面一块刚翻新的土壤吐出一颗颗葡萄籽，院子里的茶梅花已经开了。

夏觉晴发出了不满的质疑："她为什么要天天去你那里？"

方木深忍住笑意，说："这个问题你问她比较好。"

"你好像很欢迎她？"

"我觉得还好，我和她还算合拍，比较聊得来。"

"我怎么不知道你最近变得这么和善有爱了……"

火药味和陈醋味开始渐渐浓郁了，再任其发展，难免又是一场唇枪舌剑，方木深见好就收。

北山之行后，他和她的关系可谓突飞猛进，方木深对此乐见其成。

方木深和夏觉晴通完电话，看了看手表，问叶悄："你饿了没？今天我请你吃晚饭吧，去城南的那家店。"

"好啊。"

叶悄当然没意见，发了个短信给陆城遇交代行踪，说晚饭和方木深有约了，就不回去陪他吃饭了。

正在书房开视频会议，谈一单生意的陆某人，看见手机屏幕上冷冰冰的几个字眼时，眼睛都红了。

这个星期以来，这是第几次了？

要不是知道叶悄接近方木深"别有目的"，他简直要冲过去抢人了！

02. 四个人的饭局，实在很巧。

方木深说的城南那家店，其实是家饺子馆。招牌响亮，远近闻名，据说饺子馅是从清朝传承下来的秘方，还有不少省外和国外的人特地赶过来品尝。

叶悄这些年一个人过得随性，对吃食也不太讲究。她不太懂料理，只是看着每个鼓鼓的饺子上那些繁复的褶，夸赞它做工精致。

他们坐在包厢里，旁边开着一道镂空的雕花木门。倘若不拉上布帘遮挡，里面的景象就一览无余，外面的人能够看得很清楚。

方木深余光里出现一个熟悉的高傲身影，嘴角不由得扬起一抹笑。

他特地亲自动手，夹起一块小糕点，蘸了点特质的酱汁，放进叶悄面前古香古色的小碟子里。

夏觉晴和设计所的同事约好一起吃饭，事先预订好的座位，一上二楼，就撞见方木深给叶悄夹菜的一幕。

她刚刚才补过的妆，一张脸白里透红，但多半是被气的。

往后拨了拨长发，夏觉晴压住心头的火。

旁边的同事叫她："觉晴，过来坐啊？怎么站在那里不动了，不会是看见哪个小情人了吧？"

小——情——人。

夏觉晴心里抖了一抖，一阵恶寒。

稍微一想，她确实要比方木深年纪大。虽然他和她之间没有血缘关系，但名义上，她依旧是他的姐姐。

可就在这种情况下，她还是被诱惑了。自从在北山那次之后，发展到现在的地下恋情，夏觉晴想想都觉得自己一定是疯了。

她怎么能答应和方木深在一起呢。

可是心底竟隐隐感到幸福和开心，当她自己点头答应的时候。

这就是爱情吗？

谁来告诉她，现在方木深和叶悄，又是怎么回事？陆城遇是死了吗！

夏觉晴那一桌的位置，离方木深和叶悄的包厢不远，而且正在斜对门，只不过隔了一条宽阔的走道，中间又摆了些装点的鲜绿盆栽，就把视线隔开了。

夏觉晴食不知味地喝了半杯红酒，搁了筷子，若无其事地对几位同事说："我看见熟人了，得过去打声招呼，你们慢慢吃，账我已经结了。"

她做人八面玲珑，安排得细致周到，虽然有时显得高高在上，但和旁人相处还算和睦。虽说只是过去别的桌打声招呼，但她拿好了包和外套，显然是不准备再返回来了。

同事见她这样，也不好拦她，只是朝她挥挥手："明天办公室见……"

夏觉晴笑了笑。

细长的鞋跟踩在地面上，发出清脆的响声。

夏觉晴一把拉开包厢的布帘，在方木深和叶悄的注视下，优雅自如地坐了下来，仿佛什么事情也没发生。

她的说辞也敷衍，且霸气外露："外面桌太吵了，正好看见你们俩，过来搭个伙。"

方木深默不作声地盯着她看了看，努力忍住嘴角上扬的弧度，也不拆穿她，只是把自己那碗还没喝的粥挪过来，放在她面前。

夏觉晴的脸色终于缓和了一些。看似放松地往后仰了仰，身体靠在椅背上，手搭在桌沿上。腕间挂着一只玉镯，通透清莹，色泽要比夏母手上那只更深一些，也更衬她的皮肤，一片荷田碧色。

叶悄也打量她，欣赏了一会儿，觉得女王大人确实漂亮，和方木深并排坐在她对面，赏心悦目。

"叶小姐喜欢这家店的饺子吗？"夏觉晴对上叶悄的眼睛，突然问。

叶悄点头，实话实说："味道还不错。"

"听说，梧桐街那边新开了一间韩式料理店，味道不会比这里的差。"

"是吗？在梧桐街哪个位置？靠紫螺弯那边吗？"

夏觉晴摇头，说："位置比较隐秘，在一条小巷子里面，你估计找不到，改天我带你过去。"

叶悄愉快地答应了。

被晾在一旁的方木深不由得反思起来，自己的算盘好像打错了？

"能带上我吗？"

属于第四个人的声音，中途插了进来。陆城遇掀开布帘的一角，站在比他高不了多少的椭圆形门框下，眼睛里盛着笑，看着叶悄。

两个人的晚餐，变成了四个人的饭局，实在很巧。

但其实，也没那么巧。

方木深明知夏觉晴今天完工，晚上会和几个同事一起去饺子馆聚餐，他特地带着叶悄过去，好让她碰个正着。

而夏觉晴在看见方木深和叶悄后，第一时间告知了陆城遇地点，让他过来。总不能让她夏觉晴一个人急，多拉一个人下水也是好的。

夏觉晴说："陆城遇，你怎么管自己家人的？看不住吗？让她天天往阿深那里跑……"

陆城遇说："你一个御姐，难道还驾驭不了方大导演？你要把他吃得死死的，让他每天睡在夏家，悄悄一定不会跑过去，哪还用得着我操心。"

如今陆城遇不得不操心了，一路踩油门赶过来，就为了赴这个局。

四人吃饺子，喝汤，碰杯饮酒，十分和谐，饭后如果有兴致，还能凑一桌麻将。

灯光迤逦，带上了些许橘黄。灯罩上绘着彩色的仕女图和植物花卉，细节处，有婉约的风情。

只是谁也没闲情多看一眼。

夏觉晴心里憋着气，率先挑事儿，对陆城遇的工作挑毛病："临海图书馆的那个设计是经了你的手吧？我今天看了，整体还不错，但墙壁上的排气孔装置太丑了，我建议你换掉，重新做考虑。"

陆城遇十分自信，且不惧打击："我相信我自己的专业眼光。"

叶悄想起自己在书房看过的几张陆城遇的作品，严谨大方，设计美感浑然天成，她不得不支持一下自己男朋友："我也挺相信的。"

陆城遇听了，笑容差点闪瞎对面两人的眼。

"对了，你上次送来的小黄鱼烤焦了一点，厨艺还有待进步。"陆城遇给予夏觉晴适当的反击。

"她是做给陆奶奶吃的，你沾了光，还要挑嘴。"方木深看了陆城遇一眼，似笑非笑地说，"又没人逼你吃。"

"点评一下才有进步空间嘛，"叶悄出声维护陆城遇，对方木深说，"就像我在你家喝的青梅酒，要是能再纯一点就好了。"

"你要纯的，口感好的，下次自己做吧，阿深的酿酒技术也就这个水平。"夏觉晴不冷不热地回了一句。

"我去学，"陆城遇对叶悄说，"下次你想喝什么酒我都给你酿出来。"

方木深一声冷笑："我真是没见过像你们这对一样，吃白食还敢态度这么嚣张的。"

夏觉晴表示赞同："你们俩简直是绝配。"

陆城遇说："谢谢。"

叶悄："……"

"好了，吃饺子吧，一桌子菜都快凉了。"

Section 15 ————
- 不要怕，悄悄，这次不同了。

01. "你不是一个人回去孤军奋战，你有我了。"

这些天，叶悄还在为怎么开口跟方木深提他身世的事情而纠结，晚上照旧去陆城遇的公寓蹭饭。

陆城遇知道她要来，早就炖好了一锅鲜鱼汤。叶悄过去时，他正在准备饭后的甜点，系着一条米白色的方格子围裙，不快不慢地切水果，食谱还摊开了，放在料理台上。

叶悄忽而想起那首歌：

"是谁来自山川湖海，却囿于昼夜、厨房与爱。"

她从他背后窜出来，伸手偷走盘子里的小番茄，觉得很甜，随手再拿一个塞进陆城遇嘴里。

"阿深的事，想到怎么跟他说了吗？"

"还没呢，"叶悄口齿不清，"每次话到了嘴边，又咽回去，实在是觉得很突兀。我总不能直接对他说，嘿，你有可能是我走散多年的亲弟弟，麻烦你跟我去医院做个亲子鉴定吧……"

她用郁闷万分的口吻说出来，表情却有点搞笑。陆城遇忍住了想要揉一揉她头发的冲动。

"如果需要我帮忙，你可以告诉我。"陆城遇向她提议，"我可以代你向他说清楚，或许……干脆把人绑了去医院，也不是不可以……"

叶悄笑："你是道上混的吗？"

陆城遇说："可能我有时候解决问题比较干脆。"

两人嘻嘻闹闹吃完饭，九点多左右，叶悄却接到了一个意想不到的电话。

陆城遇从书房出来，原本窝在客厅里看电影的叶悄已经不见了人影。屋里找了一圈，才发现她站在阳台上打电话，听不清声音。

透过玻璃窗，只看见她一直皱着眉，保持同一个姿势，身体有点僵硬地站着。

等了两分钟，她重新走回屋内，像是全身的力气被抽离，席地而坐，软趴趴地赖在地毯上。

陆城遇拉她起来，把手里带着余温的杯子递过去："喝点东西。"

叶悄有点木讷，之前在餐桌上大快朵颐的兴致已经不见，表情里有说不出的落寞。

她机械性地按照陆城遇说的做，双手乖乖地捧着牛奶杯，认真地一口一口咽下去，规矩得突然像换了一个人。

"悄悄。"

"嗯？"

像是突然被唤醒，终于魂魄回到躯壳之中，叶悄露出一个笑容："怎么了？"

"出什么事了？"陆城遇问。

他坐在她身边，双腿伸展，几乎把她包围起来，让她置身于他的领域之内："或许你可以告诉我，虽然我不是很厉害，但是也应该能够替你分担，你现在看上去很难过。"

叶悄摸摸自己的脸："真的有这么明显吗？"

"嗯，你高兴的时候可不是这个样子的。"陆城遇说。

叶悄靠在他怀里，依旧有点僵硬，酝酿了良久才说出口："刚刚爸爸给我打了一个电话，他说我妈上个月生病住院了，昨天才出院的，他说已经没什么事了，让我不用担心……"

她脸上充满疲惫，低垂的目光中有种显而易见的难过："怎么可能不担心呢……但他们竟然现在才来告诉我啊，好像我只是一个无关痛痒的人。"

叶悄掰着手指头数了一下，露出一个无比倦怠的笑，感慨道："都已经数不清了啊，到底有多久没有回去过了。"

在叶悄的内心深处，曾对家这个概念灌注过太多的希冀、期许和爱，后来无一不落空。

她想起那年冬天，她代表学校去首都参加数学竞赛，离开了一个周末。当时不知出于什么心态，或许是存心想要引得父母注意，让他们着急，星期五出发之前她没有留下任何只言片语，只是一个人简单收拾了行李，就出发了。

比赛完之后，她坐着火车回来，夜晚路过大片的荒原，漆黑辽阔，无边无际，窗外不知不觉开始下雪，<u>窸窸窣窣</u>，被火车的声音覆盖。

她当时猜想，这次回去会要挨打，或许，是一顿臭骂。毕竟，她玩了两天失踪。

转动钥匙，打开门后，她发现母亲正坐在沙发上看报，看见她以后，只是皱皱眉，以为她早上又跑去哪个同学家疯玩了，现在才回来。只是看了她两眼，就没了下文。

两天两夜，没有人发现她从这个家中离开过，出了一趟远门。

她站在家门口，落了满肩的大雪，连衣角都带着风尘仆仆的味道，心就像那片路过的荒原，晦暗冷寂，野草在其中肆意疯长。

"我那时候，没有被竞赛的压力压垮，没有因为水土不服和连夜赶火车累倒，可是回到家的短短十分钟里，忽然觉得好像有什么东西从高空砸下来，几乎让我不能承受，差点夺门而逃……"

对她而言，比打骂更加残酷的境遇，是毫不在意的冷漠，与彻底的忽略。

叶悄说起这段回忆，声音平静枯淡，已经没有什么波澜。她闭上眼睛，身体往后仰了一个弧度，下巴抬起来，深深地呼吸。

她无比坦白地对陆城遇说起："我总是很失望，无可避免地沮丧，好像自己是没有根的人。"

陆城遇安抚似的用手掌一下一下顺着她的背脊，手指理了理她凌乱的短发，触感柔软，就像她的性子。剥开强硬的外壳后，就像个不谙世事的孩子。

陆城遇用手指比了一下头发的长度，最近好像又长了不少。

他什么也没有说，直到她的呼吸渐渐地平缓下来，才温声向她提议道："悄悄，和我订婚吧？"

没有戒指，也没有鲜花，天边半弯上弦月也灰蒙暗淡，星辰寥落。她身边的这个人却有这世界上最澄澈明净的眼睛，望着她的时候，赤诚得没有一丝杂质。

他在这样一个令人有些伤心的深夜里，对她说："和我订婚，搬过来，和我住在一起。"

质朴而真实，给了叶悄此刻最需要的安心。

脸上带着点模糊的笑意，他说："我知道，要是现在直接向你求婚。你毫无准备，也没有心情答应我。我有自知之明，不如先退一步，把你提前捆在身边总不会错。"

"你知道你在说什么吗？"叶悄愣愣地问他。

陆城遇郑重地点点头，说："悄悄，给我一个机会，让我成为你的家人。"

　　他起身去了一趟书房，拿回一沓文件，交到叶悄手上。

　　"这是我所有的资产，现在全部都交给你，我希望你能接受。"严肃的语气，却有托付终身的意味。

　　"我在美国读书的时候，跟人合作，开了一家建筑设计事务所，叫'纪秋'，是纪念我母亲的意思，我拥有70%的股份，这里是一份股权转让书。还有这里，是我的投资收入和几处房产，也全都给你。"

　　叶悄被他的行为逗笑，眼里还有些湿润的泪意，心里酸软，还是忍不住打趣他："我没想到你竟然会来这招，真俗啊……"

　　陆城遇说："俗是俗了点，管用就行。"

　　叶悄撑着头想了想，不确定地问："我们之间，会不会太快了？"

　　这种事情，两人之间居然还有商量的余地，就像是在讨论这个周末要不要外出旅游一样。

　　"太快了吗？"陆城遇思索，"我还是那句话，我们已经错过了七年。每次我只要一想到这七年，我就觉得太慢了。原本，你现在就已经是陆太太了。"

　　他简直大言不惭："所以——悄悄，我们能不能节奏再快一点？"

　　叶悄双手环住他修长的颈脖，吻了一下。

　　"你答应了吗？"

　　"嗯。"她薄藤色的头发，纠缠在他的肩上，雪白的棉衬衫被她蹭乱，起了褶皱的痕迹，"你要怎样再快一点？"

陆城遇扶住她的腰身，给她支柱一般："我明天陪你回一趟黎洲市。上门提亲，拜访岳父岳母，这样，你就很难再跑掉了。

"不要怕，悄悄，这次不同了。

"你不是一个人回去孤军奋战，你有我了。"

02. 她重回故里，已经找不到家。

回黎洲市之前，叶悄决定跟方木深说清楚。她把自己的发现、猜测全盘托出，留给方木深自己去判断和抉择。

"我今天就会回黎洲，如果你对我说的感兴趣，也想要弄个究竟，欢迎你去看一看。"叶悄对方木深说。

她从方木深的公寓出去，陆城遇把车停在路边的一棵繁花树下等她。后座上堆着两个人的简易行李，随时可以载着她出发。

车子一路开上高速，陆城遇设置好导航，偏头看叶悄，发现她闭着眼睛在假寐。她忽然问他："你说阿深会不会跟着来黎洲？"

陆城遇说："会。我有预感，所有的事情都在朝着好的方向发展。"

"你真是个乐观主义者。"

"遇见你以后，我比较想得开。"

"你这到底是夸我还是损我呢？"

叶悄歪着头笑，眼睛撑开一条缝看陆城遇，懒洋洋地伸手打开车上的收音机。

有些低沉沙哑的女声安静地在唱："Fly the ocean in a silver plane, See

the jungle when it is wet with rain.Just remember till you are home again.You
belong to me,You belong to me……"

蔚蓝的天空上飘浮着棉絮似的白云，车窗外灌进来舒服的凉风。

和一个人在一起的时候，大概因为太爱他，听一首小情歌，就轻易
想到了天荒地老。

叶悄已经彻底放松下来，把这当作是一场旅程。

到达黎洲之后，叶悄立即遭遇了一个不大不小的尴尬处境。

她带着陆城遇凭借记忆，回到了当年的自己家楼下。敲门之后，探
出头来的是一个完全陌生的女人："你们找谁？"

叶悄再次看了一遍楼层，确认自己没有走错地方："请问……这里
不是叶赫国老师家吗？"

"他们家搬走了啊，你不知道吗？你是他学生吗？"

叶悄不知该如何回答，一时失了声，陆城遇替她道："你知道他们
搬去哪里了吗？"

女人说："这个我也不太清楚，你们可以去问问小区的门卫和保安，
他们兴许会知道。"

辗转找了几个人，最后才得到了一个新地址。

时间已经到了晚上十一点，两人先去酒店住宿。陆城遇事先有所准
备，找好了歇脚的地点，倒是省去了很多时间，直接把车开了过去。

陆城遇不太放心叶悄，订了间宽敞的双人房。房中点着安神的洋甘

菊熏香，淡而悠远的气味，若有似无地飘荡在空气里。叶悄有职业病，一向对各种气味最敏感，这会儿却反常地什么也没说。

自她回到黎洲之后，整个人浑身萦绕着一股萧索的气氛，连话也变少了些。

一个人从外地回乡，深夜里却发现，连自己家的地址都找不到了。那种失落感，恐怕少有人能体会。

《诗经·采薇》里写边塞的戍卒返回家园：昔我往矣，杨柳依依。今我来思，雨雪霏霏。

大致意思是，回忆起当初我离开家乡时，杨柳枝条在风中轻荡。如今我回到家乡，大雪覆盖归途，风霜交加。

连饱经沧桑的边塞战士都难以承受的感情，何况她一个二十多岁的姑娘。

叶悄去浴室洗了个澡出来，就往被子里躺，平静地看着陆城遇，话里却故意露出轻佻的意味："嗨，先生，过来给我催个眠。"

坐了一天的车，她又乏又倦，却依旧难以入睡，偏偏装着安眠药片的瓶子不知被陆城遇扔到了哪个垃圾桶里，她刚刚在行李箱翻了好一阵，也没有找到。

陆城遇拿过毛巾，坐在床头，细致轻柔地给她擦头发。他很想安慰她，但安慰的话说多了，也显得苍白无力。

带着薄茧的指腹，用上适当的力度帮她按压太阳穴，叶悄微不可察地呼了一口气，似乎放松了不少，有了点说话的欲望。

"你晚上没吃什么，要叫夜宵吗？"陆城遇问。

叶悄拒绝了。

陆城遇想了想，又说："悄悄，我给你讲个笑话，但这其实是一首很不错的诗。"

叶悄有点好奇，竖起耳朵来听。

《大雨》，作者曹臻一。

那天大雨，你走后，

我站在方圆南街上，

像落难的孙悟空，

对每辆开过的出租车，

都大喊：师傅！

叶悄脑补字里行间的画面，果然咯咯地笑起来，她笑得裹着半床被子倒在陆城遇怀里，笑得眼睛酸涩，渐渐渗出某种透明的液体。压抑了许久的情绪，像溪涧一般流露出来，浸湿了陆城遇的衣服和掌心。

他等她这一场宣泄过后，吻了吻她通红的眼睛，快速地催眠她，让她进入梦乡。她像只小动物一样趴在他身上，露出毛茸茸的发顶。

"好好睡一觉，悄悄。"

陆城遇拿毛巾给陷入深度睡眠的叶悄做了个热敷，又泡好了一杯蜂蜜水，放在床头柜上。等他终于能够闲下来，桌上的手机却不安分地振动了一下。

是方木深发来的简讯。

"我已经赶到黎洲市了。"

陆城遇再看一眼手表,时间是凌晨一点半。他叹气:"怎么一个个的都不让人省心?这么晚赶过来,是来作死吗?"

明天飞过来也不迟啊!

陆城遇一直搞不明白,方木深这人为什么会如此热衷于三更半夜赶路。他是嫌命长,想过劳死吗?

陆城遇把酒店地址发过去,想想还是算了,直接打电话问方木深:"你现在在哪里?我开车出来接你。"

03. 他想担任她世界里的所有角色,让所有人都不能伤害她。

第二天,叶悄醒过来得知方木深来了,也惊讶于他的速度。

她刷牙的时候,满嘴泡沫,含混不清地跟陆城遇提起:"没想到阿深的速度会这么快,我们前脚走,他后脚就到了……这是不是也说明,他也很想弄清楚自己的身世?"

陆城遇不忍心太打击她,但有些话还是要说清楚:"你不要对他期望过高。以我这么多年对他的了解,他这次百年难得一见的积极性,很有可能不是因为想要认祖归宗。

"而是因为只有他认祖归宗了,找到属于自己的真实身份,脱离方木深的人生,解除和夏觉晴的姐弟关系,他以后才能娶夏觉晴。"

"……"

叶悄被这个无情的现实戳中了膝盖。

陆城遇劝慰她说："这样一来也好，他肯定会无比配合，你让他做亲子鉴定，他就会乖乖跟你去。"

在陆城遇看来，方木深其实和叶悄很相似，一样的亲情寡淡。曾经在夏家如履薄冰的生活经历，让他对亲情的希冀所剩无几。

而他唯一出的岔子，大抵就是无法自拔地喜欢上夏觉晴。

记得当年在美国，他被人打伤，倒在冬天零下几度的冰冷地面上奄奄一息，手里还攥着夏觉晴的一张照片，死死不肯松开。

他入了魔一般的执念与热血，好像通通给了夏觉晴一个人。

"你知道'剃头门事件'吗？"

叶悄摇头，陆城遇说："那也是一年前发生在美国的事了，在华裔圈子里传得比较厉害……

"有个痴恋阿深的女粉丝，为了见他一面，引起他的注意力，在美国的一家社交网站上直播剃光头。"

"结果呢？"叶悄问。

陆城遇说："结果他打电话报警了，说那个女孩严重打扰到他的私生活，给他造成了干扰，并且还给人家安上了一个巨大的罪名，说她行为举止偏激，做出了错误的示范，容易误导未成年人追星群体，对社会的治安和稳定造成了恶劣的影响……那个女孩因此还被拘留了，引起了一阵讨论的狂潮……"

陆城遇做无奈状，说："你看，他就是这么不要脸。"

叶悄也确实被他这种彪悍的做法给震惊了。

．

一行三人在酒店吃过早餐，按照新的地址找去叶家。这次为了保险起见，出发之前，叶悄还是给叶父去了一个电话。

"爸爸，你今天在家吗？我可能会回来一趟。"

叶父说："在家在家，小悄啊，我跟你妈没有住在以前学校分配的老房子里了，去年的时候搬了一次家，我忘记告诉你了，地址是……"

叶悄打断他："我知道。"

叶父惊讶地说："你怎么知道了？你妈告诉你了？"

叶悄若无其事，淡淡地说："昨天回了以前的公寓，问了小区里的门卫。"她昨晚在那种情况下，撑死不肯打电话询问地址，仅剩的一点自尊心在胸腔里发烫，现在也不愿意多提，想匆匆结束通话，"好了，爸，那就先这样吧，我挂了。"

她看了看不远处的两个大长腿发光体，忍了一下，还是没有交代说自己会带人回去。

而且一带带俩。

"哎，先别挂，你大概几点到？"

叶悄估摸了下时间，说："十点左右。"

"行。"叶父的声音里听得出有点兴奋，"中午爸爸给你做好吃的！"

叶家搬的新址离原来的地方不算远，隔了几条小街而已。

叶悄带着陆城遇和方木深抄近路，穿进小巷，旁边有不少的商铺在修缮，以前叶悄熟悉的那些旧招牌也换了模样，只有长着幽绿色苔藓的墙壁依旧伫立在那里，脚下青砖铺就的路面弯弯曲曲地延伸。

旧日时光，已经遥不可及。

她兜兜转转，好几次，差点带人走错了方向。

新家所在的小区是刚开发不久的，道路两旁种的都还是矮矮的绿树幼苗，南边还有部分地方在施工，放眼望去是裸露的黄土地。

叶父站在三楼的阳台上望着，远远看见叶悄，叫了她一声。

叶悄一愣，抬起头，逆着阳光看见了许久不见的父亲的容颜。

叶悄事先也没说自己还会带人回来，叶父看见她身后站着的陆城遇和方木深时，神情愣怔，问："小悄，这是你朋友啊？"

陆城遇主动上前一步打招呼："伯父你好，我叫陆城遇。"

叶悄事先跟他再三商量过，这次主要是回来看看叶母身体究竟怎么样了，他们俩的事缓一缓，先不提。陆城遇略有不满，说好的上门提亲，他可不是闹着玩的。

手上准备的礼物送出去，陆城遇笑容温和得体。

两手空空的方木深就显得随便多了，他目光毫不避让地打量叶父和眼前的这个家。自我介绍时，也只简单地介绍了自己的名字："您好，我叫方木深。"

叶父招待几个人坐，叶悄拘束地坐在沙发上，倒显得像是个客人一样。

"你妈妈出去买菜了。"叶父说,"她刚才知道你今天会回来,特地出门去买菜了,这会儿也应该要回来了……"

话音未落,楼道间已经传来一阵脚步声。

叶悄前去开门,发现叶母站在门外,手臂上挎了个菜篮子,身后还有一个陌生的二三十来岁的男人。

"妈……"

叶悄主动打了声招呼。

叶母应了一声,又看见陆城遇和方木深,不知怎么却尴尬起来:"你带朋友回来了啊……"不自在的神情,跟方才叶父脸上的一模一样。

叶母替叶悄介绍旁边的陌生男人:"这是你陈阿姨的儿子罗鑫,你们小学初中都是一块儿读的,你还记得吧?"

叶悄一愣,忽而有点明白叶母的意思了。

罗鑫和叶悄打招呼,把手伸过来。叶悄的手臂笔直地垂在身侧,无动于衷,丝毫没有要搭理人的意思。

她和罗鑫其实不熟。

虽然读书时曾是校友,但是两人之间几乎没有交集。叶悄之所以知道有罗鑫这个人,是因为叶父和叶母经常在家里提起那个鼎鼎大名的罗校长,说他今年又升职了,今天晚上又要去吃庆功酒。说他还有个儿子叫罗鑫,和小悄是同年生的……

而现在，叶悄回来的第一天，罗鑫就随叶母出现了，手上还提着礼品盒。

叶悄似笑非笑，上挑的眼尾斜飞出一抹淡而冷的讥诮："你什么意思？"

罗鑫猝不及防地被她这么一问，丝毫没有心理准备，只好尴尬地照实回答："是叶阿姨和我妈叫我过来看看你……"

叶悄反问："我有什么好看的？"

罗鑫面子上过不去了，脸色也一点点沉下来，恼羞成怒地开口："她们说让我过来看一下我们俩合不合适！"

叶悄冷笑着说："你现在看完了，我们俩没一个地方是合适的，你赶紧回去跟你妈交差吧。"

"叶悄你什么意思啊！"叶母也发火了，她的脸面被这个许久未见的女儿在短短几分钟之内丢尽了。

"我就是字面意思！我跟他不合适！我才回来，你们就安排这一出，你们想干什么啊？"叶悄声音的分贝也大起来，几乎是歇斯底里地吼。她从没有这么愤怒过，身体里的血都往上涌。

"我是为了你好！你一个人在外面这么久不回家，我是想让你在这边结了婚，安定下来……"

"你不是不想见到我、不想我回家吗！现在装什么天下慈母心，想卖女儿就直说！找什么冠冕堂皇的理由！"

"混账东西！"

叶母抄起手边柜台上的玻璃花瓶，向叶悄砸过去的时候，所有的人都来不及阻拦。

玻璃碎在地上，四分五裂，仿佛昭示着破裂的感情和永远也无法再缝合的伤口。

叶悄的额角破了一个菱形的口子，一股温热的鲜血蜿蜒地顺着她的脸颊流淌下来。

她像一个没有声息的木偶，在满室的刹那安静中，忽然扬起手指向方木深，对叶母说："他很有可能就是你儿子……我把小尚找回来了，我不欠你和这个家什么了……"

方木深却下意识地侧过头，去看陆城遇的脸。

陆城遇站的位置离叶悄有点远，他几乎贴在灰白的墙壁上，一瞬之间，所有的神情都敛去，仿佛秋风乍起，头顶有萧瑟的灰尘和草屑簌簌而落，他整个人笼罩在阴影里。

他慢了半拍走过去，走到叶悄身边蹲下来，声音又低又沉，偏偏又柔和得不可思议，他说："悄悄，我们去医院。"

方才的那场争吵，仿佛耗尽了叶悄的所有力气，她点点头，乖巧地伏到他背上，双手牢牢地环住他。

血滴落在陆城遇的白色衬衫上，颜料般染红，扩散，洇开一片，触感温热潮湿。

他的鼻息间有淡淡的血腥味，难以名状的窒息感像坚固粗粝的缰绳，紧紧勒住他的肋骨。他不知该如何忍耐下去，那是生下叶悄、养育叶悄的父母，他无法回击，她也不会允许他回击。

　　他有种疯狂的念头，他恨不得自己是她的父母，她的爱人，她的知己，她的挚友，她的手足，她的一切。

　　他想担任她世界里的所有角色。

　　这样的话，再也没有人能伤害到她了。

Section 16 —
- 管饱吗?
- 管一辈子。

01. "我只喜欢你。"

黎洲市人民医院。

医生给叶悄额头上的伤口消毒，包扎处理好，又开了点药。

与此同时，方木深和叶母已经高效率地在医院的不同楼层做亲子鉴定。中途叶父过来了一次，想要陪着叶悄，被她摆摆手给打发走了。

叶父叹了一口气，双鬓斑白，走之前回过头说："你别怪你妈……她是真的想要你留在黎洲安定下来，别再出去了，才给你安排这出相亲的……"

叶悄敷衍地点了下头，满身倦意，已经说不出话来。

　　她在充满消毒水气味的过道里站了一会儿，等脑袋里的眩晕感慢慢消退，又觉得很闷，走楼梯从医院里出去。

　　等陆城遇排队交完药费出来，她已不见了人影。

　　他最后在医院前的一个报刊亭旁边找到了她。

　　她坐在路边的台阶上抽烟。

　　放在一边的烟盒，是很特别的橘红色软壳包装。这种烟叫相思鸟，十七岁的叶悄曾经看见班里的男生躲在学校天台上偷偷抽过，她离开黎洲以后，再也没有在其他城市的报刊亭里见过。

　　总有些东西，只属于黎洲。

　　也总有些记忆，还停留在黎洲。

　　她把烟身夹在食指和中指间，时不时偏过头，深深吸上一口，慢慢吐出白色的烟圈，很快被风吹散。

　　陆城遇挨着叶悄坐下来，她看了看他，还能有心情跟他开玩笑地解释：“我跟那个罗鑫一点都不熟。”

　　陆城遇说：“我知道。”

　　叶悄故作惊讶地张大嘴巴，表情浮夸地说：“你怎么知道的？”

　　陆城遇抬手，揉了揉她笑得僵硬的脸颊，说：“我看出来的，你一点都不喜欢他。”

　　叶悄点了一下头：“对，我不喜欢他，我也不喜欢现在这个自己。”她弹了弹指间摇摇欲坠的烟灰，扭头看着陆城遇，侧颈构成一道流畅优美的弧线。

　　她说："我只喜欢你。"

　　陆城遇说："我知道。"

　　叶悄唇边继续带了点零星破碎的笑意："你怎么这么厉害？你什么都知道吗？"

　　陆城遇说："因为我也只喜欢你，我们会一辈子在一起。"他望着她落寞又坚强的脸庞，眼睛里藏着他们自己才懂的爱情与慈悲。

　　陆城遇这一刻想，他愿意穷极一生，让面前这个人快乐。

　　亲子鉴定的结果要在三天之后才出来，期间叶悄和陆城遇一直待在黎洲没有离开。他们去叶悄以前读书的校园逛了逛，闲散地过生活，看着这座城市在连绵的雨声中迎来了秋天，天气逐渐转凉。

　　叶悄读的幼儿园坐落在长幸街上，小学在长干街上，初中和高中都在宁安街。距离都不算远，陆城遇牵着她一条街一条街走过去。

　　他们一起走她曾经一个人走过的巷子，一起吃她曾经最喜欢的红豆饼，一起逛她以前经常去的书店，一起看进门的书架上摆放着的小说和漫画。

　　不远处的铃声响起之后，有大群穿校服的孩子从校门内拥出来，拥簇着路过他们身边，又叽叽喳喳地走远。

　　她看着那些背影，明白自己的少年时光不可往复。

　　一个人怀旧和两个人怀旧是不同的，前者容易陷入感伤，后者更多的是慰藉与怀念。

　　"你以前放学以后，是直接回家吗？"陆城遇翻了翻一本全彩的漫画，随口问她。

　　"一般都会先去小吃街吃东西，然后逛一下商店，去附近的公园看人遛狗，有时候也跟着男生去电玩城……"叶悄想了想说。

　　陆城遇听着听着，眉头往上一挑，别有深意地感慨："原来你的活动这么多，课余生活这么丰富……"

　　叶悄完全没有听出他话里那点醋味，陷入回忆当中，自顾自地说："小尚比我小两岁，他还在的时候，我们俩会一起赶着回家吃饭，争鸡腿。后来只剩下我的时候，我就不那么喜欢回家了，总是在外面多玩一会儿，尽量拖时间……"

　　她笑了笑，眨着眼睛心生感慨："毕竟……也没有鸡腿留给我了嘛……"

　　她这个样子，主动提及，又没有逃避，已经比前几天刚回黎洲市的状态好了很多。陆城遇奖励性地握了握她的手，一本正经地说："待会儿带你去吃鸡腿。"

　　叶悄下意识地摸了摸肚子，顿时觉得饿，她问："管饱吗？"

　　陆城遇笑着看向她："管饱。"

　　秋风送来从树梢飘落的梧桐叶，和对面街烤红薯香甜的味道。大雨过后的天空高远而澄澈，蓝得过于美丽。云朵变幻成各种各样的形状，罅隙中洒下微凉的天光，洒在透亮的玻璃门上，洒在他漆黑柔软的头发上，流畅笔挺的肩线上。

他说："管一辈子。"

02. "你们亏欠她的，我用后半生一点点还给她。"

三天后，出来的亲子鉴定报告上显示，方木深和叶母的亲子关系概率达到 99.99% 以上，可以确定有血缘关系。

这个结果在叶悄的意料之中。

在此之前，她已经相信方木深就是叶尚，只是当这个想法被确切地证实，有时想想也觉得神奇又庆幸，难免还会一阵恍惚。

方木深对这个结果也比较满意。倒不是因为别的，确实如陆城遇所说，他只有找回了自己真实的身份，和夏觉晴解除了姐弟关系，他这辈子才能娶她，成为合法夫妻，名正言顺地和她在一起。

叶家父母更是高兴疯了，叶母一激动，差点一口气没喘上来。叶母每天笑脸迎人，之前的阴郁一扫而光。

这似乎是一个皆大欢喜的结局。

一家人缓和之前紧张的气氛，一起吃团圆饭时，叶悄照旧把陆城遇带上了，正式地介绍了一下他的身份。

"他是我男朋友，我们已经订婚了。"

叶父叶母震惊，方木深诧异。

连陆城遇也感到不小的意外，当然更多的还是惊喜。他和她订婚原本还只是两个人之间的口头协议，但在叶悄心里，这已经是他们给彼此的承诺。

方木深不动声色地给陆城遇竖了个拇指，那意思是，不错，行动很快嘛。

叶母因为找回了儿子的关系，对叶悄的态度宽容了很多，只是想到罗鑫，脸上还是带着些许愠色，一时没有开口说话，不知是反对还是赞同的意思。

反倒是叶父，挺高兴地给自己满上一杯酒，同陆城遇碰杯："以后我们小悄就要劳烦你照顾了。"

陆城遇礼貌却显得有几分疏离地应对，神情始终有些冷淡。他举手投足间有种从容与风骨，倘若无心与人亲近，无形之中就会与人拉开距离。

他尊重叶悄的父母，但不喜欢。

他太过执恋于身边这个人，爱她所爱，痛她所痛，也会替她委屈，也会心有沟壑无法填平。

人有时候难以控制自己的感情，何况情到深处，本就不能自已。

饭后时间，陆城遇鬼使神差地留下来陪叶父下棋。叶母在厨房忙活着洗碗。叶悄和方木深出去散步。

叶悄领着方木深去以前常去的公园，草地上有几个小孩在荡秋千，发出一阵阵笑声，让叶悄轻易就想起了小时候的叶尚和自己。

她不由得抬头打量起身旁的方木深。他并肩走在她身旁，骨骼清秀而匀称，穿着烟灰色的薄毛衣和白衬衫，简简单单的打扮。

他的眼睛略微狭长，犹如工笔在扇面上勾勒出的千岁莲花，每一滴笔墨，都用在恰到好处的地方，才生出了这样的风情。他有一副最好的皮相，经过生活的锤炼和打磨之后，如同璞玉蓄满了人间的光华。

有匪君子，如切如磋，如琢如磨。

有匪君子，如金如锡，如圭如璧。

这是她找了小半辈子的叶尚，令她多年心怀歉疚的弟弟，和她身上流着相同血液的至亲，曾陪她度过漫长四季和童年无忧时光的人。

尽管夏家的女王大人说，方木深是这世界上最阴晴不定的男人，还偏执，又神经质。尽管陆城遇也说，阿深可不是像他表面看上去那么纯良。

但此刻在叶悄心目中，眼前的这个方木深，仍然是那个曾经跟在她身后的孩子。

任凭途中如何艰难，现在他终于回到了黎洲这片土地，回到了她身边。

"你现在不是方木深了……"叶悄说完，又否定自己，"不，你还是方木深，但与此同时，你还是叶尚……"

方木深并肩走在叶悄身边，冷静地提醒她："我早就记不起以前的事情了，对这个家其实没有多少感情，你们对于我来说，都是陌生的。"

"我知道。"叶悄并不感到意外，点头说，"但这些都不重要，我也都不想管……重要的是，你叫我一声姐姐，我以后罩你！"

方木深问："包括帮我欺负城遇吗？"

叶悄霎时被他抛出的第一个问题难住，略纠结，正在左右为难时，方木深轻描淡写地翻起旧账："我和城遇以前在小河寺学画，他看着我被同学欺负，基本也就看看而已，很少出手帮我……"

这听上去有点告状的意味，方木深说得无比平静，像在跟叶悄拉家常："夏家的管家每隔一个月上山一趟，给我送生活费，我很少下山回家。在那里，我除了城遇，不认识任何人……

"但那时候，却仅仅只是认识的程度，还不到他必须要出手帮我的交情……"

叶悄听着越来越心疼，再听就要炸开了，强烈质问："他怎么能不帮你呢！"

方木深说："当时我们还不太熟，他的性格，也不喜欢多管闲事。"

"你的事怎么能算是闲事？"叶悄义愤填膺，在心里把陆城遇痛骂一百遍。

"也不能怪他。"方木深开始虚情假意地替陆城遇开脱，"只能怪我自己太弱了，大家都不喜欢与弱者为伍。"

这话于叶悄而言，无异于火上浇油。

"所以……你以后要帮我欺负城遇吗？"同样的问题，突然再抛出来问一遍。

"好。"叶悄这次的答案显而易见，都不用犹豫一秒钟了，她把承诺说得郑重其事，"我以后会保护你的。"

方木深笑而不语，漂亮得雌雄莫辩的脸庞上多了分明朗，像阳光浅浅漫过春日昳丽的花枝。

两人散完步回去，在楼道里听见了低低的对话，是陆城遇和叶父的声音。那盘棋不知道到底他们谁赢了，战况激烈不激烈。

叶悄只是听见自己父亲夸赞了几句陆城遇的棋艺，陆城遇说的却是与此毫不相干的话，他说："我以后会好好照顾悄悄，不会做一丁点让她觉得难过的事情。"

他说："我不会让她背井离乡，不会让她一个人漂泊在外，我会做她的家人，会给她一个家。"

他说："你们亏欠她的，我用后半生一点点还给她，我想给她最好的一切。"

他话里责怪的意思那样直白而犀利，像是问责，最后他却朝叶父一鞠躬："但我仍然感激你们给予她生命。"

叶父被他几句话憋得满脸通红，如鲠在喉，惭愧至极，最终什么话也说不出来。他想起叶悄在外的这几年，差点忍不住落下眼泪。

叶悄与方木深站在楼梯的入口处，默契着谁也没有出声。整个楼道里很寂静，针落可闻，有风从窗口贯进来。

她听着陆城遇冷冷地出声维护她，那点酸软的情绪在胸腔里无限扩大，像浸泡在水中的海绵，越来越胀，越来越沉。

听他这么说，她才知道原来自己有这么委屈。

一刻钟的时间过去，叶悄脚步轻快地走上楼梯，如同刚从外面回来，如同一切不曾发生，她不曾听见只言片语。

她拉着陆城遇，俨然要秋后算账的模样。

"你跟我出来，我有点事要问你。"

陆城遇不懂这是哪一出，只有方木深对他露出一个自求多福的表情，陆城遇当即有种不太好的预感，马上就听见叶悄质问说："我听说，你以前经常欺负阿深？"

陆城遇心里一跳，立刻否认："怎么可能！哪有这回事？"

叶悄说："你们在小河寺学画的时候。"

陆城遇知道铁定是方木深在叶悄面前参了他一本，讪笑着说："我绝对没有加入欺压的团队中。"

叶悄说："你袖手旁观，也罪无可赦。"

陆城遇一阵头疼，说："悄悄，你讲不讲道理？我要是早知道我以后会遇见你，而他是你弟弟，我就算自己被人欺负，也不会让人欺负他的。"

叶悄装作面无表情地说："你还会被人欺负？"

陆城遇极其无辜地说："当然！你现在不就是吗？"语气中饱含满满的控诉，"悄悄，你家弟弟绝对不是你看到的那样弱啊，他是在扮猪吃老虎，可狡猾了，你千万不要被他的表象所迷惑……"

"闭嘴！"叶悄打断他。

"你竟然为了他凶我！"

陆城遇一本正经的脸上，露出伤心欲绝的哀恸，像个孩子般大声抗议，丝毫不见方才和叶父说话时的高冷倨傲。

"陆城遇你幼不幼稚？"

陆城遇再次大受打击。

方木深听了一阵墙脚，看到陆城遇吃瘪，十分满意。

他心情明媚地掏出手机，翻了翻手上薄薄的几页亲子鉴定报告，准备把这个结果告诉远在荣城的夏觉晴。

手机屏幕忽然亮起，是自动推送的一条娱乐新闻。

方木深点开，盯着看了好一会儿。

如果方木深没有记错，出现在画面上的那个高贵冷艳的女王大人，前阵子才答应他，说，阿深，我们在一起试试看。

而现在，这篇新闻上方打出了黑体三号大写加粗的标题——夏、沈两家结秦晋之好，建筑世家与地产大鳄强强联手。

夏家的千金与沈家的独子，郎才女貌，看上去十分般配，宛如天造地设的一对。

再看看新闻上公开的订婚典礼的时间，竟然就在明天。

方木深缓缓地笑起来，漆黑的眼睛像隆冬里的深夜，又冷又沉。雪白的脸庞如同被冰雪覆盖，他的掌心狠狠地握着手机，紧绷的力道让每一根手指变形扭曲。

他不禁想，他才离开几天啊，她就敢这样不把他放在心上。

在他完全不知情的情况，给他致命一击。

——夏觉晴。

方木深一瞬之间恨不得将她拆吃入腹。

Section 17 ——
- 你不能再等等我吗?

01. 他一步一步，走进薄雾里。

方木深说他要赶回荣城，说走便走，没有留下时间给叶家的父母回味亲情的机会。

他对叶家父母说得也很明白，打破了叶母心中那一丝温情的幻想。他说他不可能为了谁打破自己原有的生活节奏。

他是认亲了，愿意接受叶家。但他还是那个方木深，他曾经遭受的那些磨难与痛苦，不会因为他找回了真正的身份而消弭，他早已强大到不需要依靠任何的人和事。

他尝过世间最苦的东西以后，知道要让自己变得强大，才能无所畏惧，他还得继续前进。

　　尽管马不停蹄地赶回去，方木深到达夏家时也已经到了半夜。

　　那是方木深无比熟悉的景象，坐落在夜色中的夏家别墅，像一栋中世纪的古老城堡。两旁的常青树，岿然屹立。草坪里的一盏盏灯发出微茫的光，把空气中的雾霭折射成苍青色，朦朦胧胧一片。

　　他一步一步走进薄雾里，一步一步迈上台阶，回荡在耳边的脚步声说不出的沉重。

　　管家被他吵醒的次数多了，看见是他进门，也已经习以为常。方木深把人赶回房睡觉，自己在漆黑的客厅里坐了一会儿。

　　等情绪缓了缓，他才起身上楼。

　　模糊的背影，鬼魅一般。

　　这一晚，夏觉晴睡得极其不安稳，在梦中迫于某种压力醒来。

　　从被子里伸出手，直觉性地去抓床头柜上的水杯，她迷迷糊糊地喝下一口，梦里的惶恐消退了一点。

　　意识也清明许多，她乍然发现床边坐了一个人，突如其来的惊吓让她的手蓦地松开，水杯"咚"的一声砸在地板上，滚了两个圈又停下来。

　　"阿深……"夏觉晴后知后觉地发现自己的喉咙发干发疼。

　　"是我。"拉上窗帘的窗口没有一丝光亮透进来，方木深的脸藏在黑暗中，夏觉晴只能看见他脸庞大致的轮廓，他的唇一开一合，"我之前在黎洲市办点事情，看见你要订婚的消息，就连夜赶回来了。"

声音听起来心平气和，他温柔地问她："这是真的吗？"

夏觉晴却深知平静背后的波涛汹涌，她太了解方木深了。

"我问你，这是真的吗？"没有立即得到回复之后，他执拗地再问了一遍，似乎只要夏觉晴不开口说话，他就能这样重复又机械地问下去。

"订婚宴就在明天晚上八点，双方家长都会到场，地点定在宁海酒店八楼，到时候你也会一起到场吧？"夏觉晴急切地一口气说完，像是怕被他突然打断。

空气安静下来。

方木深保持着那个僵硬的姿势，背挺得笔直。

"你知道我去黎洲做什么吗？"

夏觉晴知道他有话要说，便顺着他的意思问下去："你去那里做什么？"

方木深说："我去那边确定一件事，做了亲子鉴定，我找到了我的亲生父母。明天他们就会来夏家，跟妈妈说明一切，我很快会跟你解除姐弟关系……"沙哑的嗓音里有一丝温情，他顿了一顿说，"到时候，我就可以娶你了。"

他问："你不能再等等我吗？"

夏觉晴摇头，冷静自持，残忍地向他宣告事实："没有人会谅解我们，我们当了这么多年的姐弟了，没有人接受我们在一起……"

"为什么要别人接受？"方木深嘲讽地说，"我们没杀人，没放火，没有十恶不赦，为什么要别人谅解？"

"对！我们什么也没做错！"夏觉晴的声音猛然放大，像锋利的剪刀突兀地从谁心上划过，"我们不需要外人的理解，可是我无法承受来自外界的那些压力……最主要的原因在于我——我不爱你，或者说我不够爱。不够爱你到为了你冒险，拿自己的名誉，拿夏家的前途去冒险！"

夏觉晴凝视着床头那个黑色的影子，缓慢地说："我现在，说得足够明白了吧？"

"你不爱我？"方木深笑了，声音如同呢喃自语，"原来你不爱一个人，也可以跟他上床？"

"那你呢？你的绯闻加起来都能出一本合集了，你睡过的女人有多少你自己还记得清吗？"夏觉晴咄咄逼人，闭了闭眼睛又睁开，"方木深，你以为你有多干净？"

就这样，彼此伤害。

言不由衷，看谁能在谁心头多插一刀。

夏觉晴，你真的不觉得残忍吗？

令人诧异的是，方木深没有如夏觉晴想象中那样突然暴怒。他依旧像尊石膏像一样僵硬地、笔挺地、死寂地坐在那里，听见她的质问，只是跟她解释："不管你相不相信，那些都是炒作，我没有跟她们任何一个人发生过关系……"

"现在是午夜零点，这栋房子里的人都睡着了，如果你现在跟我离开，没有人会发现。"他在黑暗中，向她伸出手，"觉晴，你愿意跟我走吗？"

他最后一次问她。

她看不见他眼睑下那一抹倦怠的青灰，犹如江南雨季里肆意生在墙垣边的苔藓，潮湿而幽冷，与阳光绝缘。

她还是说："阿深，我不能答应你。"

她再一次拒绝了他。

他们没有动手，连过激的争吵也没有，这一晚的方木深有着令人匪夷所思的好脾气。

他听夏觉晴抛出的回答后，没有多做逗留，起身就走了。替夏觉晴关上房门的时候，他回过头说："我喜欢你这么多年，你丢下我的时候还是眼也不眨，夏觉晴，你果然还是和当年一样。"

他像是被这些年无望的等待与执念消耗掉了所有力气，无力再追逐。

他卸甲投降，终于不再纠缠。

房门合上的那一刹，发出"咔哒"一声清脆的响，然后是满室的沉静，把他和她的世界彻底隔绝。

夏觉晴拥着被子静坐在房间里，好久好久，压抑不住的哭声才从她的喉咙里低低地传出来。

她知道，她这次彻底伤到他了。

他或许不会再原谅她了。

从此以后，夏觉晴与方木深的缘分将永远止于姐弟，她嫁人，他娶妻，各自有各自的人生，白发苍苍老来相忆，彼此不过藏在心底不能与人说的遗憾而已。

这是她亲手替他们写下的结局。

夏母的话还萦绕耳边："夏觉晴，你知道你现在在做什么吗？你要把你们俩毁掉，把夏家毁掉吗？"

方木深所不知道的是，三天前，夏母查看夏觉晴的手机，无意中发现了他们俩的亲密合影。

其中有张露骨的照片，是夏觉晴趁方木深睡着时拍的。

她穿着他宽大的白衬衫，凑到枕头上，偷偷亲吻他的额头。她不由自主地按下手中的快门，想要把那一刻定格。连锁骨上清晰的吻痕，都一并入了镜。

夏母只一看，就知道了两人的关系。

夏觉晴面对母亲的质问，哑口无言。

而她该怎么告诉他，她的喜欢或许没有他来得那么深刻，可她也在很努力地经营着这段感情。

她又该怎么告诉他，她的喜欢开始于很久以前，或许只比他晚了那么一点。

那天的夏觉晴跪在夏母面前，第一次低头，她不知道除此之外，自己还能如何做出努力。但夏母绝不能允许自己的女儿和儿子在一起，将来受人诟病。

沈家独生子的照片和资料，第二天就摆在了夏觉晴的面前。

夏母说："沈晋的外貌、能力，还有家世都是一流的，我已经给你们约好了下午两点见面。如果你不想我被气死，你最好准时出现。"

02. 等我死了，你就彻底自由了。

第二天，从凌晨五六点钟开始，一直下雨。

夏觉晴一夜无眠，听着屋外淅淅沥沥的响声越来越大，她爬起来洗漱，想着待会儿穿哪套衣服上班，却遽然意识到今天自己休假。今天有她的订婚宴。

上午九点，方木深去了陆城遇的公寓。

这次回荣城以后，陆城遇和叶悄已经开始正式同居。成双成对的拖鞋，沙发上并排挨在一起的抱枕，还有阳台上晾在一起的长裙和衬衫，每一处小细节都透露着情侣间的亲密关系。

方木深坐了一会儿对陆城遇说："以后好好照顾我姐。"

这一次，他终于有了点弟弟该有的样子。

只是陆城遇听他这话，隐约觉得不对劲，透着古怪。怎么会有一种他在交代后事的错觉？

中午十二点，叶家父母赶到了夏家，前来拜访，把方木深是叶尚的证据和亲子鉴定报告直接公布于众，提出希望让方木深恢复叶尚的身份，回到叶家，认祖归宗。

夏母不能接受。

叶、夏双方发生争执，互不相让，夏家被闹得鸡飞狗跳，不得安宁。当事人方木深却始终没有出现，打电话无人接通。

下午三点，夏觉晴去了一趟美容院。下车时发现雨势越来越大，下车短短几步路，被淋得浑身湿透，秋雨打在她的手臂上，一阵沁心的寒。

下午七点，夏觉晴化好妆，换好小礼服，准备出发去宁海酒店。一切都在按部就班地进行。

下午七点四十分，夏觉晴正在去宁海酒店的路上。她想起昨晚方木深向自己伸出的手，他问，你愿不愿意跟我走。她拒绝他之后，他便一直没有再出现。

下午七点五十分，夏觉晴离宁海酒店只隔一条街的距离，转眼就要到达目的地，但前方突然堵车。

雨刷一遍遍拂开水汽，把前面的挡风玻璃擦得透亮却模糊，不断有雨水浇灌而下。夏觉晴坐在车里等道路疏通，听到路人三言两语的议论，前方好像发生了一起车祸。

"那个男人好像很面熟哎……"

"只要长得帅的男人，你都面熟……"

"我是说认真的啦，你不觉得他好像那个、那个……经常在娱乐新闻里露面传绯闻的人吗？还是个大导演，叫什么来着——方……方……"

"叫方木深呀！笨蛋！"

这对情侣撑着雨伞走远，留下夏觉晴万箭穿心。

她打开车门，冲进大雨中，朝前方出事的地点跑过去。那里围了好几层人，救护车还在来现场的路上，伤者因为伤势太过于严重，没有人敢挪动他的位置。

夏觉晴拨开人群，钻进去。当她看清楚倒在血泊里的那个人时，她觉得整个世界灰暗下来，千万朵阴沉沉的乌云从头顶压下来。那一瞬间，魂不附体。

大量的血迹，让一切看上去更加触目惊心。

"阿深……阿深……"

她疯了一样叫他的名字。陷入昏迷中的方木深却如回光返照般，忽然间，缓慢地睁开了眼睛。

这一瞬间，或许他是清醒的。

他的眼睛被雨水浸湿，却眨也不眨地望着夏觉晴。

瞳孔一阵紧缩，又逐渐涣散，慢慢凝聚的水光流出他的眼角，分辨不出是雨滴还是眼泪。唯有那一声幽长的叹息，重重地砸在夏觉晴心上。

他像一个久经跋涉的人，在翻越千山万水之后，依旧无法抵达目的地，再也抵抗不住深深的疲倦和心灰意冷，他说："夏觉晴，在我活着的时候，终于可以不用见证你嫁给别人，而等我死了以后，你就真正地，自由了……"

等我死了，离开人间，世上再无方木深。

你就真正地、彻底地，自由了。

你不用再日夜担惊受怕，自责难安。你可以光明正大地谈恋爱，不用再躲躲藏藏。你可以欣然地接受一切祝福，成为世界上最美丽的新娘，拥有令人艳羡的婚姻，家庭美满。你可以继续做那个高高在上的骄傲的女王。

天灾人祸，最不可抵御。

而我，也终于被迫放手。

　　夏觉晴拼命摇头，头仿佛要断掉。

　　她想说不是，她想说倘若你死了，你将禁锢我的一生，我将永远无法安心。

　　可是，她的嗓子像被雨水冲刷的血迹死死堵住，只能发出呜咽的哭声，迟缓地鞭挞着自己的耳膜和心脏。

　　她握住方木深的手，冰冷僵硬，仿佛最后一丝余温都要被带走了。

Section 18 ——————
- 不管怎样，我都会陪着你一路走下去。

01. 流言蜚语，哪敌得过一句我爱你。

叶家和夏家的两位家长休战了，之前闹得鸡飞狗跳，争得死去活来，那些行为如今已没有任何意义。

叶母惦念了十四年儿子，如今再受重创，差点病倒。夏母对方木深的感情更加复杂，她把方木深带入夏家，却没有真正照顾好他，收养时的雀跃和感激，到后来渐渐的漠视和忽略，如今交织在一起，悉数化作了亏欠。

人的感情很奇怪，两家人这时候反倒惺惺相惜起来。

夏觉晴最后也没有跟沈家的儿子订婚。很多的问题，在历经生死的考验之后，反而豁然开朗。

爱与不爱，皆比不过那个人健健康康地活着。但人总是要在付出一定的代价之后，才能够刻骨铭心地懂得这些道理。

方木深说的是对的，他说，我们没有杀人，没有放火，没有十恶不赦，为什么要别人谅解？

流言蜚语，哪敌得过一句我爱你，我要和你在一起。

她应该要为自己活着，更加勇敢一点地活着。

叶悄再次翘了班，跑去小街口买了一束满天星，溜达着去了医院。

这是方木深重度昏迷的第十五天，时间已经像过去了半个世纪那样久。她熟练地把花瓶里的花束换成新鲜的，病房看上去整洁干净，一尘不染，空气中弥漫着淡淡的花香。

陆城遇的电话像是掐准了时间打过来的。

"悄悄，你现在在哪儿？"

"医院。"

"我过来接你出去吃饭？"陆城遇一边询问叶悄的意见，一边抬腕看时间，发动车子朝医院驶去。

叶悄在那头答应着："好啊……"这个点，夏觉晴很快就要过来了。

叶悄不知道方木深是怎么出车祸的，根据那天路口的监控录像来看，纯属他自己开车失误，撞弯了一排铁栏杆，车子差点翻进江水中。

而他怎么会心不在焉，开车失误，叶悄心知肚明，自然与夏觉晴订婚脱不了干系。

叶悄无力责怪夏觉晴什么，她只是觉得憾恨，她才找回来的弟弟，如今生死难测地躺在病床上，不知何时才会醒过来。

陆城遇和夏觉晴正好在医院门口遇见，是一同进来的。

夏觉晴这些日子消瘦得厉害，尤其当她一如往昔踩着高跟鞋时，叶悄觉得她摇摇欲坠，在随即接下来的任意一秒里，都将可能会昏倒。

当女王失去皇冠，是不是就是她现在这副模样？

"这是场持久战，你要好好照顾自己。"叶悄忍不住对夏觉晴说。

夏觉晴点了点头。

而叶悄最想问的却是："如果阿深一直不醒过来，你以后怎么办？"

"那就一直等到他醒过来为止。"夏觉晴是典型的现实主义者，此刻她的回答却充满了浪漫主义色彩。

"如果……他醒了，接下来你要怎么办？"陆城遇冷不丁地问。

这次轮到夏觉晴不说话了。

他醒了，她接下来要怎么办？夏觉晴在心里反复问自己。

她坐在那一束白色的满天星旁，消瘦的脸庞看上去比花色还要苍白上一分。随身携带的素描本摊开在膝上，低头描摹方木深那双深潭似的眼睛的时候，才蓦然发觉，她对于他已经熟悉到如此地步。

无声无息中，方木深的命运和她连在一起，他们所有的爱与恨都交织在一起，无法割离舍弃。

心脏忽然痉挛着疼起来。

陆城遇从病床边绕过，看着昏睡的方木深，眼中掠过一丝深意。

02. 说好了，要陪彼此一辈子。

陆城遇和叶悄饭后散步，叶悄在公寓前的小邮箱里发现了一封来自美国弗吉尼亚州的信件，收信人的位置上填写着陆城遇的名字。

"是你在美国读书时的同学寄来的？"叶悄问。

陆城遇摇头说："不太像。"

他心中如有某种预感，急切地喷涌出来。当即拆开信件，里面装的是一封全英文的字迹漂亮又工整的手写信。

陆城遇迫不及待，一字不漏地把厚厚的好几页信纸从头至尾看完，看完之后对叶悄说："悄悄，我可能要马上动身去一趟日本……"

林秋漪一事，又有了新的线索。

曾经闹得沸沸扬扬的抗战纪念馆设计抄袭一案，主要的当事人除了林秋漪本人，还有就是那位"被抄袭者"——日本建筑设计师，月岛川菱。

陆城遇在美国读书时，费了好大精力，从月岛川菱这个人身上下手。但是很快他就发现，当初记者曝光的月岛川菱的个人信息十分有限，能够查到的，仅仅只是皮毛，譬如她是日本国籍，她曾就读于美国弗吉尼亚大学。

林秋漪出事之后，月岛川菱这个名字也随着时间被荣城的人们淡忘，没有人想到要去追究更深一步的真相。所有人沉浸在林秋漪抄袭日本设计师的耻辱之中，愤怒地讨伐她，加之媒体造势，引领话题，所有矛头直指林秋漪。

仿佛背后有一只手，不惜一切代价，硬生生要将林秋漪扳倒。

而陆城遇想要找到月岛川菱，当面对质。他试图联系过弗吉尼亚大学的校方，但石沉大海，对方没有给他任何回应。

陆城遇甚至亲自跑去夏洛茨维尔当地，在月岛川菱曾经就读的建筑学院里企图寻找到一丝有价值的线索，但是他没能有任何的发现。陆城遇甚至开始怀疑，是否真的存在月岛川菱这个人。

他因为自己的学业和工作原因，只在夏洛茨维尔逗留了一周，毫无所得之后，又匆忙地返回学校上课。在离开之前，他曾写下一封信，留在了弗吉尼亚大学的图书馆里。

而时隔三年之后，那封信竟然有了回复，辗转至今，终于寄到了陆城遇现在所居住的公寓。

寄信的人，自称是月岛川菱的博士生导师。他提供的许多信息表明，他曾经所带的学生月岛川菱，就是陆城遇要找的那个人，基本特征都相符合。

而唯一的一点出入，也是最大的不吻合之处——

陆城遇所要找的月岛川菱，是一个建筑设计师。而这位美国导师昔日的学生月岛川菱，在校时就读的专业是宗教学，与建筑设计完全搭不上边。

信件最后附有一个地址。

导师说，时间过去已久，无法再帮陆城遇联系上月岛川菱。但在曾

经的毕业生留言簿上找到一个月岛川菱在日本镰仓的旧地址，但至于现
在月岛川菱是否仍居住在那里，已无从得知。

尽管如此，陆城遇还是愿意按照地址找去日本。

"带上我吧，这种时候，打死我也不能让你一个人出发。"叶悄眨
着眼睛，朝陆城遇狡黠地笑，"不要太感动哦，我就当自己是去度假。"

日本镰仓之行，比叶悄想象中的要顺利。

她和陆城遇在出发之前做了诸多设想，四处碰壁，或者根本找不到
月岛川菱。但是经过多次打听之后，他们成功地找到了那个地址。

远远看见那个带着陈旧色彩和历史感的木屋，位于一个小山坡上，
门前挂着一个朴素的招牌。

热情的民宿老板娘带他们走到山坡下，指着那块招牌，用生涩得有
点蹩脚的英语跟陆城遇说："就是那里，月岛川菱跟她丈夫……住在那里，
一起……开了……一家理发店。"

路边的灌木丛里突然钻出来一只雪白的猫，悠闲地踱步，围着叶悄
转了两圈之后又慢悠悠地走了。叶悄看着那座低矮的木屋，忽然觉得豁
然开朗，或许面前的路也不见得会那么难走。

令叶悄比较惊讶的是，曾留学于美国，又从全球著名的弗吉尼亚大
学顺利毕业，按照她导师的说法，她在校时成绩优秀，前途光明，未想
到如今的她在镰仓和丈夫经营着一家小小的理发店。

月岛川菱的丈夫是个画家，两人青梅竹马，如今过着隐居般的生活。当陆城遇把在荣城发生的整件事对月岛川菱提起时，她全然不知，一脸茫然。

"这不是我！"月岛川菱震惊地看着陆城遇提供给她的荣城老报纸。陆城遇在旁边耐心地把中文内容口头翻译成英文，解释给她听。

报纸上面铺天盖地，全是关于林秋漪抄袭月岛川菱作品的介绍，月岛川菱再次惊呼："这些设计图纸不可能是我画的！"

月岛川菱说："虽然新闻中的这个人跟我的基本信息一样，显示就是我，但是我对建筑设计领域一窍不通，我弄不明白这究竟是怎么一回事了……"

陆城遇简单地归纳说："有人借用你的身份，伪装成弗吉尼亚大学建筑学院的高材生，诬陷一位名叫林秋漪的中国建筑设计师，导致她身败名裂……"

即便料想到这个事实，当叶悄听到这言简意赅的几句话时，仍有一股凉意从背后升起。

是谁居心叵测，策划了这一切？目的和动机是什么？

"你愿意澄清这一切，替这个叫林秋漪的中国建筑师洗清冤情吗？"叶悄从包里掏出一支录音笔。

"我当然愿意。"月岛川菱答应说，"我知道你们中国有句俗语，叫'公道自在人心'，我相信真相总会水落石出。"

月岛川菱接过叶悄手中的录音笔，把自己的真实情况介绍了一遍，

并且郑重澄清自己在大学期间就读的不是建筑专业，从未进行过这方面
的创作，纪念馆设计抄袭一事，根本不存在。

月岛川菱录完音，忽然想起另外一件事。

"我在念研究生时，弗吉尼亚大学和中国的荣城大学进行学习经验
交流等活动。我曾经作为交换生，在荣城学习和生活过，并度过了大半
个夏天……"

"什么，你去过荣城？"叶悄越来越觉得蹊跷。

倾斜着注入杯中的清茶升腾出一缕缕水汽，陆城遇格外冷静，陷入
沉思中，忽然问："那年夏天是不是发过一次洪水？"

月岛川菱经他提醒，顿时想起："对！是的！我想起来，那段时间
荣城大学还为此放了三天的假……"

叶悄疑惑不解地问陆城遇："月岛川菱没说是哪年，你为什么知道？"

"我胡乱猜的，"陆城遇眉峰微皱，"那一年，荣城的大学生交换
活动的资助人是陆家，更确切地来说，应该是我爸。"

叶悄莫名地心里一震。

陆城遇的父亲陆卓元出生在陆家这个建筑世家，天赋却不足，资质
平平，早年间他更加倾心于慈善和教育事业，从中寻找人生的价值。为此，
陆城遇的爷爷还曾骂他不务正业，没有出息。

在陆城遇的记忆当中，陆卓元是一个十分能忍耐的人。他顶着家族
长子的身份，小心翼翼地生活，打理一切事物，也从未有过怨言。好在
他母亲林秋漪能够在建筑方面独当一面，夫妻两人配合也算默契。

QIAOQIAO
221 /

月岛川菱来荣城当交换生的那年，经费赞助人恰好是陆卓元，这能说明什么，还是只是一个纯粹的巧合？

三人不约而同地在茶室里沉默起来。

当晚叶悄和陆城遇借宿在月岛川菱家，准备住一晚，明早再出发回荣城。两人深夜睡不着觉，出门散步。

下过小雨的长街湿漉漉的，潮湿的海风拂面而过，隐约能听见不远处海浪拍打沙滩的声音。路边还开着门营业的商铺里，传来电视剧中的对白，叶悄在一大串中的日语中只听懂了"おやすみなさい"和"あいしてる"，"晚安"和"我爱你"的意思。

陆城遇牵着她的手，从绿树掩映的古寺前走过，有几个穿校服、背着吉他的少年与他们擦肩而过。

一切都很安静。

"会觉得失望吗？这次日本之行，取得的进展并不大。"

"已经足够了，至少我们拿到了月岛川菱的录音。总感觉……我们离真相很近了……"

"不管怎样，我都会陪着你一路走下去的。"

"我也是……"

第二天离开之前，叶悄让月岛川菱帮她把薄藤色的头发染回了黑色。她踮脚，摸了摸陆城遇的头发，说："要染成跟这个一模一样的黑色。"

月岛川菱望着两人笑。

　　陆城遇毫无防备被她当众调戏，难得有些羞赧，耳朵尖泛起微红。理发店里的几个日本妇人虽然没听懂他们在说什么，也被气氛感染，温温地笑了起来。

　　叶悄的头发长得很快，短发已经及肩。她没有再剪短，准备留长，如果以后嫌打理起来麻烦，她可以交给陆城遇。

　　她想起自己之前很爱染发，尝试各种颜色，从栗色到亚麻灰，从橘红到银白，再从薄藤色回归最初的黑色。

　　她以后大概不会再染了。她想就这样，和陆城遇一起看着镜子里的两个人，眼角泛起皱纹，黑发一点一点斑白，最终青丝成雪。

　　这才叫白头偕老。

　　他们说好了，要陪彼此一辈子。

Section 19 ———
- 但愿，只是我们想多了……

01. "你在试探你爸爸吗？"

从日本回国以后，陆城遇和叶悄商量了一下，准备一起回陆家，以陆城遇带女朋友回去见家长的名义。这样一来，也算名正言顺。陆卓元和姜媛芝才不会觉得太突然。

说起姜媛芝，也是叶悄的客户之一。之前因为定制香水的事情，叶悄和姜媛芝见过几次面。叶悄听说，陆卓元在林秋漪去世后的第二年，娶了姜媛芝进门。

"城遇，以前你妈跟你爸的感情很好吗？"叶悄问。

"他们相处比较和睦客气，感情不冷不热，不亲近，带着点疏离。

我妈那样一个建筑设计天才，在陆家很有分量……所以，我爸对我妈一直很尊敬……"

陆城遇说："但是我奶奶一直认为，我爸对我妈感情很深。这个说法有两种依据，其一，姜媛芝的长相其实与我妈有几分像，尤其是眼睛。我奶奶说我爸是因为过度思念我妈，才迎娶第二任妻子，当年我听到这种说法，觉得很讽刺……"

陆城遇面上凝起冷意："太过于爱一个人，所以在她死后，忙着寻找另一个女人当替身？真是荒唐可笑。"

叶悄默默握住他的手，问："那么第二个依据呢？"

"其二，是在我妈死后，他爸开始疯狂地模仿她的画与设计。他四处收集我妈的设计图，仿佛要继续完成她未完成的事业。他潜心钻研，那段时间进步飞快，这些年设计出来的作品，隐隐有了我妈当年的风骨与灵气。陆家的长辈都说，我爸是在我妈死后才开窍的……"

正因为如此，陆卓元爱妻的名声才开始渐渐传出去。众人都知道，他对结发妻子林秋漪，情深意重。

叶悄听后，总觉得哪里透着古怪，却又说不出个所以然来。

晚餐是姜媛芝着手准备的，甚至亲手下厨做了两道陆城遇爱吃的菜。陆卓元也是从公司抽空赶回来的，为了见见叶悄这个准儿媳。

陆卓元在饭桌上礼节性地询问了一遍叶悄的情况，四五十岁的男人，脸上已有岁月的痕迹，长相斯文，有种文人的书生气质，和小辈说话的时候没有刻意摆架子。

一餐饭吃下来，几个人都客客气气，也还算融洽。

"你以后有空就来公司帮忙，也是快要成家立业的人了，别成天无所事事……"好景不长，饭后不过半小时，陆卓元开始教训起陆城遇。

一边的姜媛芝也帮衬着当说客："城遇，这一回你就听你爸爸的劝吧，我们也都是为了你好……"

在他们眼中，陆城遇待在国外的这几年无异于是跟家人斗气，性质犹如高中生离家出走。他们不清楚陆城遇在美国的境遇，过怎样的生活，甚至不知道他早在留学时就已经与人创业，创建了纪秋建筑设计所。

他已独当一面，是老师和同学眼中的天才，是第二个林秋漪。而对于陆卓元来说，他还是那个最平庸的角色，不太争气的儿子。

陆城遇回国之后，一直没有去陆氏上班，他们也想当然地以为他是懒惰，不想参加工作，终日游手好闲，胸无大志。

陆城遇从不解释，只是说："不想去。"连拒绝也是散漫而随性的。

陆卓元被他的态度激怒了，大声道："你妈妈要是还在，看见你这副样子，估计会被你给气死！"

陆城遇冷笑："我妈不会被我气死，她是被人害死的。"

陆卓元眼皮一跳，突然之间被这句话猛烈地袭击了脑部神经，顿时浑身紧绷："你这是什么意思？"

陆城遇开始跟他分享这些日子里自己所调查来的一些证据："我越来越确定，当年的纪念馆抄袭事件是子虚乌有，是有人成心想要嫁祸她。"

"爸……"陆城遇问，"你知道我妈有跟谁结仇吗？"

"你妈脾气不好，得罪的人多，但还不至于跟谁结下这样的深仇大恨。"陆卓元给出的回答和陆城遇所了解的一样。

陆卓元被陆城遇不着痕迹地转移了话题，也无心再催促他回来工作。大概是提到前妻，心中郁结，他朝陆城遇摆了摆手说："我明天还有一个会，得早起，先回房睡了。今天都这么晚了，你也在家住一晚，明天再走。"

姜媛芝赶忙对陆城遇说："你的房间还在那里，干干净净的，我常叫人进去打扫，也不会沾灰。"

陆城遇朝她点了点头："谢谢阿姨。"

姜媛芝面上有些尴尬："你这孩子，跟我这么客气做什么……"

房门一关上，与外边的世界隔绝，叶悄就问陆城遇："你刚刚是故意的？向你爸透露事情的进展，特意向他们提起你现在找到了证据，都是故意的吧？"

陆城遇点头。

叶悄问："你在试探你爸爸吗？"

陆城遇脸色复杂，凝重地说："我爸、姜阿姨，他们都有可能。我不知道他们在整个事件中充当着怎样的角色，或许他们都是无辜的……"就像是在池塘中投掷出一根线和鱼饵，有无上钩者，垂钓者心里也不清楚，只能等待。

叶悄一颗心跳得很厉害，忽上忽下，也不由得紧张起来。

"但愿，只是我们想多了，但愿这件事情与你爸无关。"

02. 他感觉自己离真相之间，只隔了一层薄纱。

第二天，为了犒劳叶悄这些天的奔波，缓解一下她的紧张情绪，陆城遇开车载她去了荣城那家鼎鼎有名的——悬崖上的餐厅。

那家餐厅坐落在悬崖峭壁之上，有三分之一的厅馆悬在半空中，给人以摇摇欲坠的视觉刺激。地面铺盖的是透明的玻璃材质，人走在上面，仿佛随时会掉下去。店内各处细节，皆别具一格，被誉为"最需要勇气的餐厅"。

而这样的设计，正是出自林秋漪之手。

叶悄再次为林秋漪的才华所倾倒。落座之后，她总觉得自己和陆城遇被架空了，十分兴奋。

"害怕吗？"陆城遇问。

"开什么玩笑！"叶悄目光中满含挑衅，"我看是你害怕吧？"

陆城遇叹气："你怎么不按套路出牌？这个时候女主角一般都会说害怕，然后躲进男主角怀里。"

叶悄哈哈大笑："陆先生，你是不是少女漫画看多了？"

陆城遇一脸黑线，有个彪悍的女友真是不容易啊，心想下次带她去电影院看恐怖电影的计划可以到此为止了。

"小城遇！"

背后一声惊呼，成功地引起两人齐刷刷地回头。一个金发碧眼的长腿老外两眼放光，炯炯有神地望着陆城遇。

陆城遇一愣，全然想不起这是哪一号人物。

"我是你金叔叔啊！"老外夸张地捶胸顿足，"金一赫！你妈的老相好！"

叶悄顿时觉得有块巨石从天而降，不偏不倚，砸在她脑袋上引起一阵头昏目眩。

陆城遇倒是想起来了，金一赫，是有这么个人。

金一赫是这家餐厅的老板。

他是个中英混血儿，林秋漪的大学同学。读书时一直痴恋林秋漪，可惜追了几年没把人追到手。当年林秋漪只是提出了悬崖上的餐厅的设想，金一赫就出资把她的一张张图纸变成了实体的建筑物。这才有了现在这家餐厅。

之后林秋漪跟陆卓元交往，嫁给了陆卓元。金一赫为此伤心欲绝，回到英国之后，他投身到了 gay 的怀抱，从此成为一名不折不扣的同志。

陆城遇小时候是跟着林秋漪一起见过金一赫的，没想到这老外记性好到离谱，这么多年过去，还能认出他来。

说起往事，金一赫闷了一口酒："当初要不是你妈，我怎么会伤心地飞回英国，一下飞机就邂逅我的 honey，走上了 gay 这条不归路……"

陆城遇沉默了。

叶悄抖了一抖，手臂上起了一层鸡皮疙瘩。

金一赫仍然止不住诉苦："我都好多年没回来了，这家餐厅要不是有荣城的朋友帮忙着打理，早就倒闭了。"他做掩面垂泪状，忧愁地感慨，"物是人非啊……时过境迁啊……我心怅惘啊……"

陆城遇依旧沉默。

叶悄手臂上的鸡皮疙瘩越来越多。

金一赫突然又脸色大变，跟演小品一样，满腔怒火无处发泄："我当初就跟秋漪说了，陆卓元那家伙不安好心！他自己有女朋友，却还跑去追秋漪，每天跑到宿舍楼下面念情诗，肯定别有目的！"

"你说什么？"陆城遇打断他的话，"我爸追我妈的时候，是有女朋友的？"

"当然啦！"

"你确定？"

金一赫简直要拿把刀来架在脖子上担保："我一百个确定！我亲眼看见过陆卓元跟别的女人亲热，只是秋漪她不肯相信我而已……"金一赫唉声叹气，"他根本不爱秋漪，为什么还要娶她？我当初就不应该放弃的，结果连她最后一面都没有见到……"

他根本不爱她，为什么还要娶她？

陆城遇反复地琢磨着金一赫这句话，如果他爸爸不是出于爱而追求他妈妈、娶他妈妈，那是因为？

陆城遇感到一阵彻骨的寒意。

如果，一切都是伪装，那么……

陆城遇突然推开椅子站起来，拉着叶悄急匆匆地往外走。

他因为自己那个大胆的猜测和假设而震撼，坐在驾驶座上，机械性地系上安全带。叶悄不明白他究竟怎么了，但她知道他一定是发现了什么。

"城遇，你是不是想起来……"叶悄话还没有说完，手机从膝盖上滑下去，她弯腰去捡，视线却注意到了一个黑色的点，位置隐蔽，平常很难被发现。

叶悄拉了拉陆城遇的衣服，朝他比了一个"嘘"的手势，然后示意他俯身过来看。

那是一个微型的窃听器。

陆城遇在短暂的几秒钟的时间里，脑子里掠过很多事情，想了很多事情。

能够在他的车上神不知鬼不觉地安装窃听器的人，实在有限。而有此行为动机的人，更加没有几个，有人做贼心虚，自乱阵脚。

陆城遇在调查当年的纪念馆抄袭的事情，一直都是和叶悄私底下进行的，排除冯绣葵、程东明等几个知情者，只剩下陆卓元和姜媛芝，而且是昨晚在陆家的饭桌上，陆城遇故意泄露出去的。

而在今天，他的车上就出现了窃听器。

陆城遇感觉自己离真相之间，只隔了一层薄纱。

陆城遇准备再去一次陆家，正在此时，叶悄的手机响了起来，来电显示是夏觉晴。

"阿深醒了，你快过来……"夏觉晴开口就是这么一句话。

叶悄迟钝地反应回来，太过惊喜，一时不知该说什么才好。

陆城遇也听到了夏觉晴的声音，于是说："我现在先送你去医院，我再去陆家，有些事情我需要证实……"

叶悄来不及细问，也知道他自有打算，只是嘱咐他："你自己小心点。"

陆城遇点头，揽过她的后颈，拉近两人之间的距离，在她唇上吻了一下。

Section 20 ————
- 城遇，我发现陆卓元的阴谋了！

01. 她看见了一个死而复生的人。

医院。

叶悄赶着去见方木深，她步子急，一路上带着小跑，在狭窄的过道里和一张移动病床迎面撞上。

叶悄一个趔趄，肩上挂着的宽大的布包顿时滑落，里面的东西一股脑儿滚出来。纸巾、口红、小镜子、笔记本、笔，还有一管浓缩香水，玻璃管身已经碎裂，几近透明色的液体渗在地板上，极具识别度的香味迅速在空气中扩散。

病床也因为她挡住路，被迫停了一下，病人手中捏着的一方雪白丝帕恰好飘落在残留的香水上，迅速被染湿了一角。

叶悄连忙把人的丝帕捡起来，歉意地说："对不起，对不起……"

床上病人的大半张脸被蒙在被子里，看不出容貌，只有那只原本攥着丝帕的右手，从被子里伸出来，无力地垂着，仿佛在求救一般。

叶悄赶紧把丝帕塞回她手里。

这一系列的动作其实只发生在短短几秒钟的时间里。

叶悄撞上来之后，推着病床的一个中年男护士便十分急躁地驱赶叶悄："快让开！快让开！"

叶悄退到一边，贴墙站着，看着两个护士火急火燎地推着病床走远。

而那只朝她伸出来的瘦骨嶙峋的手，苍白又孱弱，始终留在了叶悄的脑海中，挥之不去。

方木深的病房里很热闹，叶悄还在病房外面就已经听到了里面絮絮叨叨的说话声。

夏家父母和夏觉晴，还有叶家的父母都围在病房里，虽然之前他们之间有闹得不愉快的地方，但是方木深出了事，他们倒是齐心起来，如今见人醒了，一个个都兴高采烈的。

叶悄觉得方木深这边应该没什么大问题了，旁边又有这么多人照看，不会出事，她当即决定返回，去找病床上的那个人。

充斥在过道中的消毒水味道中，还弥留着淡淡的香水味。别人或许分辨不出来，但叶悄的嗅觉一直比旁人厉害，对气味极其敏感，更何况那管香水还是她亲自调制出来的。

她顺着气味寻找，最终锁定目标，是那一层楼的走廊尽头里的一间病房。

一大拨医生和护士忽然出现，朝这边走过来，进了那间病房。叶悄装作若无其事地靠在走廊墙壁上抽烟，其中一个医生进门时忍不住停下来，训斥了她一句："这里禁止吸烟！要抽就去外面抽！"

叶悄略带歉意地点头，讪笑着把烟头在墙上按灭，目光却趁机往病房里瞄。

这次她从门缝里看到的更多一点，她看见护士把罩在病人头上的薄被往下拉了拉，病人的脸终于露出来。

叶悄只是一眼扫过，但那一眼，已经让她魂飞魄散。

——林秋漪！

叶悄看见了死而复生的林秋漪！

当初她在夏母的柜子里翻找方木深儿时的照片，意外地看见了林秋漪的寸照，一直对那张漂亮出众的脸印象深刻。

她不知道此时此刻，是不是自己眼花看错了，但她不敢错过任何的蛛丝马迹和巧合。

陆城遇开车回到陆家别墅时，陆卓元已经去公司开会，姜媛芝坐在泳池旁悠闲自在地补觉，管家给她端上来刚榨好的新鲜果汁。

陆城遇直接叫醒她："我想看看我爸做的设计图，他说放在书房里。"

他这句话说得很模棱两可，容易误导人。姜媛芝以为他终于开窍，愿意沉下心来钻研建筑，所以陆卓元让他回来取经，看一看自己当年的设计作品，毕竟榜样的力量是无穷的。

于是姜媛芝满口答应，取了陆卓元书房的钥匙，带陆城遇进去拿图纸。

陆城遇从小生活在林秋漪身边，对她的作品和风格了如指掌，甚至清楚她设计图上的某些小细节和小习惯。

如今他拿着陆卓元最近的一沓设计草图仔细观察，发现触目惊心。

林秋漪死后，大家都说陆卓元为怀念妻子，疯狂模仿她的作品，以至于他的作品里有了林秋漪的风骨与灵气。可是再相似，再模仿，怎么能做到连制图时遗留下来的小细节和小瑕疵都一模一样呢？

这是模仿不来的。

除非这些设计图根本不是出自于陆卓元之手，而是——林秋漪本人。

陆城遇因为这个发现，猝然咬破了自己的舌头，满口的血腥味让他差点在那一瞬间呕吐出来，却又掩饰下去。

如果这所有的猜测都成立，那么是不是说明——他的母亲可能还活在人世？

郭远留下的遗物中，收集了那么多的关于林秋漪的设计图纸，或许并不是单纯因为想要纪念恩师，而是他从图纸当中发现了端倪，想要从中破解信息，关键时刻却有人雇凶杀他。

程东明受人指使，要他撞死郭远，即便他后来收手，却发现车子刹车早已经被人动了手脚，说明那人不达目的誓不罢休，誓死要阻拦郭远查案的脚步。

《大娱乐报》当年率先追踪报道抄袭事件，曝出许多林秋漪的黑幕，事后却迅速倒闭关门，说明有人在利用这个媒体平台来操控舆论，针对林秋漪，而那人有能力、有势力消灭证据，把一家杂志社在短时间内迅速拖垮。

月岛川菱只来过荣城一次，作为美国校方的交换生。而当时荣城这边的资助人是陆卓元，他手头上有荣城大学发给他的关于交换生的详细资料。

……

所有的线索，在这一瞬间全部串起来。

陆城遇镇定自如地把图纸放回书桌原处，准备离开。姜媛芝始终在一旁看着他，问道："感觉怎么样？有什么启发吗？"

陆城遇点了一下头，说："确实联想到了很多东西。"他拿起外套起身，"我先走了。"手机从口袋滑落，浑然不觉。

陆城遇离开陆家，姜媛芝准备重新锁上书房门时，沙发上的手机振动了起来。姜媛芝寻着声音找过去，拿起手机一看，犹豫着接听了，里面立即传出叶悄压抑而急促的声音：

"城遇，我发现陆卓元的阴谋了！"

02. "你姐要被你害死了。"

叶悄听见电话突然被挂断的声音，才觉得不对劲。陆城遇不会挂她的电话，何况在这么紧急的时刻。

如果不是陆城遇，那接电话的会是谁？

她现在已经在一辆出租车上，紧跟着前方的一辆黑色商务车。刚才医院的人已经准备把病人转移，还有专员护送，她正在一路跟踪。

车子渐渐开往越来越僻静荒凉的南鼓区，拐了一个弯后，终于在一栋小型的别墅前停了下来。

叶悄环顾四周，这一带都是独立的私人住宅区，还有大片未开发的地方，像是被直接废弃了，路边的野草疯长。

叶悄一路躲躲藏藏着，最终找到机会，从后面仓库的窗户口翻了进去。

她犹豫了一下，还是决定试探着再拨打了一次陆城遇的号码。这次，他直接关机，打不通了。

叶悄心里一沉。

她不知道陆城遇遇到了什么事，但她要先摸清楚这边的情况再说。至少，她要百分之百确定，刚刚病床上的那个人究竟是不是林秋漪。

别墅里看守的人员不算很多，医务人员把病人在房间安顿好之后，全部离开，整个屋子里只剩下五个看守的男人和两个女护理。

他们常年驻守在这里，从来没有发生过意外，警惕心早已被消磨。

两个女人在厨房摘菜，着手准备几个人的午饭，而五个男人聚在楼下的客厅里打麻将，闹哄哄一片，时不时有几句粗口从嘴边爆出来。

叶悄溜进二楼的那个房间，发现床上的人眼睛是睁开的，蓦地被吓了一跳。叶悄走近了，看清楚她的脸，这下才确定，她就是林秋漪无疑。

只是那双眼睛呆滞无神，没有丝毫的生气。林秋漪被软禁多年，加上长期的药物注射，精神恍惚是常有的事情。

叶悄喊了她一声，也没有得到任何的反应。

"阿姨，我是城遇的朋友……"叶悄注意到，当她提起陆城遇的名字时，林秋漪的眼睛眨了眨，眸光一动。

叶悄再接再厉："我是和城遇一起来救您出去的，待会儿您就能看见他了……"

楼下的马路上传来一阵刺耳的急刹车声。

叶悄跑去窗户边偷偷朝外张望，清一色的几辆汽车停在了外面，陆卓元率先从一辆车上下来，带领着一帮黑衣人气势汹汹地进屋了。门外随即传来一阵脚步声，叶悄来不及多想，拉开窗户，往下看了看地势。

她翻身出去，在水管站稳脚，手指死死攀着窗沿，整个人像壁虎一样贴在墙壁上。

上不着天，下不着地，她估计了一下，如果直接跳到下面光秃秃的水泥地面上，肯定不会死，但她很有可能会折一条腿。

这时候，房门"砰"的一声被人从外面踹开——

十五分钟前。

姜媛芝听到叶悄在电话里说的那句话，慌忙挂断了，再三犹豫，还是决定告诉陆卓元今天发生的事情。无论如何，她是陆卓元的妻子，应该坚定立场，和他站在同一个阵营上。

"老陆，我刚刚听小悄打电话跟城遇说，她知道了你的阴谋……是什么阴谋啊？这是小悄开玩笑说的，还是真有什么……"

陆卓元知道事情暴露了。

他立即从陆氏离开，赶往南鼓区。

而陆城遇从陆家出来之后，去了方木深所在的医院找叶悄。到了病房才发现根本没有叶悄的身影。

方木深身上多处缠着绷带，气色却反倒显得比以前红润了些，看来这阵子躺在床上修养得不错。他手里拿着葡萄在吃，是刚才夏觉晴洗干净去了皮的。高鼻梁上架着一副复古的金丝框眼镜，视线停留在剧本上。

"你姐今天没过来吗？"陆城遇问。

"嗯？"方木深抬头，"没有啊。"

陆城遇心底突然涌上一丝不安，正要掏出手机联系叶悄，却发现口袋空空，手机不翼而飞："我手机不知道落在哪里了。"

"这还不简单！我帮你啊。"方木深直接拿过自己的，一秒钟快速拨了叶悄的号码。

南鼓区，小别墅。

叶悄的心跳到了嗓子眼，房间里陆卓元的人正在搜查房间。

她一动也不敢动，正以为自己逃过一劫的时候，调成静音的手机突然振动了。

"嗡嗡嗡……"

声音不大，但是异常突兀。陆卓元走到窗边，霍然扯开拉上了一半的窗帘往下眺望，叶悄僵硬地咧着嘴，朝他笑了笑。

叶悄被两个黑衣人提上来，她看到手机上的来电显示，方木深的名字在屏幕上闪烁，暗暗咬牙切齿。

——靠，方木深，你姐要被你害死了。

Section 21 ————
– 那些东西都是不属于你的!

01. 这一次，他只成功催眠了十秒。

陆城遇落在陆家的手机，有人专程送到了他手上。

陆卓元把时间掐得分秒不漏，电话立即打过来，问得冷静而直白："你知道了多少？"

"我妈还活着。"陆城遇是笃定的语气，他有太多的不确定，但这时只能故作镇定地试探，才能得到更多的信息。

果然，陆卓元一听，以为他已经知道了一切，不打算再隐瞒。

"你按照我发给你的地址过来，一个人，你要是敢报警，我也不敢想象后果。"挂断之前，陆卓元自言自语的叹息飘出来，"我知道你总有一天会查清楚的，早点了断也好……"

南鼓区的一个废弃工厂里，叶悄和林秋漪背靠背绑在一起。

林秋漪精神状态非常差劲，中途陆卓元还亲自给她灌了一次药，强迫她吞下去，那一系列粗暴的动作十分熟稔，仿佛已经做过了千百遍，让叶悄看得一阵骇然。

"你一直囚禁了她这么多年吗？她是你的妻子！"

陆卓元扔了手里的水瓶，手背拍了拍林秋漪苍白的脸颊，发出清脆的响声。

"我可没亏待她……至少没弄死她不是吗？"陆卓元看了看叶悄，眼睛里闪过疯狂的神色，"但现在不行了，是你们非要查清楚！既然事情暴露了，我瞒不下去了，你们就都只能死了！"

叶悄不敢置信，陆卓元这是要杀人灭口。

"我那个不争气的儿子很快也会赶过来了，你们一家人也好去地下团聚。"陆卓元说，因为咬字太过用力，瘦窄的脸庞微微变形，扭曲起来。

几个黑衣人开始按照陆卓元的吩咐，在仓库的四周浇上汽油，浓重的呛鼻的气味引来叶悄一阵咳嗽。昏睡中的林秋漪也皱紧了眉头，不安地挣扎了两下。她瘦得脱形，背部全是硌人的骨头，犹如针芒一般刺痛叶悄。

陆城遇单枪匹马赶来时，远远看见他生平最在乎的两个人，被架在一堆浇了原油的木材上，饶是再镇静，也忍不住这一刻的冲击。

　　所有伪装的淡定的面具，从脸上一层层剥落下来，碎成齑粉。

　　这些年，他以为溘然长逝已经不在人间的母亲，就这样出现在他的视野当中。他无法分辨那种情绪是喜悦还是疼痛，只觉得一时之间有子弹过膛，让他血肉横飞，心脏被惨痛的现实蹂躏践踏成泥。

　　他的眼睛霎时一片猩红，布满了血丝。

　　陆卓元观察着他的反应，确定他是一个人赶来时，十分满意地说："真没有叫人来，还算听话。"

　　"你打算怎么办？"陆城遇问他。

　　陆卓元有点天真地说："把你们都解决了，我回到陆家掌管一切，所有事情就好像没有发生过，生活还是遵循原来的轨迹过下去……"

　　陆城遇说："这不可能，你瞒不了一辈子。你现在获得的所有成绩全部不属于你，迟早有一天，你会被揭发。"

　　"闭嘴！"陆卓元激动地打断他，"我差一点就骗过了所有人，要不是你捣乱……"

　　说到这里，陆卓元的情绪又开始激动，怒火无处发泄似的踢翻了一个铁桶："你们都死了我就能继续当一个天才！"

　　"那些东西都是不属于你的！不是每个人都有我妈那样的天分！"

　　"我说了让你闭嘴！"

　　"卓元……"

　　一个微弱的声音忽然响起，林秋漪不知什么时候睁开了眼睛，朝着陆卓元轻唤了一声，打断了他的暴怒。

陆卓元回头看她。

"卓元，你过来……"

林秋漪此刻是不清醒的，她沉浸在自己的世界里，仿佛回到了大学时代，与陆卓元初恋的时光。她本就长得好看，标准的美人脸，尽管这时一张脸苍白消瘦，但笑起来却恢复了昔日神采，如同十七岁的少女光彩照人，连陆卓元也有那么一瞬间被蛊惑了。

陆卓元下了一个手势，让人看住陆城遇，自己则往林秋漪的方向走了过去。

他蹲了下来，端详着林秋漪的脸。

虽然他娶林秋漪别有目的，对她也并非真心，但世间任何一个男子都抵不住一个美貌与才华并存的女子的魅力，哪怕他不爱她，他也会忍不住被她吸引。

"卓元，你最近是不是读书太辛苦了？我怎么感觉你瘦了？"林秋漪温柔地笑着，脸颊上有一个浅浅的梨涡。

陆卓元心中仅有的那一丝温存，被她唤醒了，但尚不至于失去理智松绑放人，只是情绪已经没有刚才那么激动暴烈。

"咦，那不是小遇吗？"林秋漪望着前方被黑衣人困住的陆城遇，记忆又不知道跳脱到了哪一年，依旧含笑地问陆卓元，"咱们小遇怎么长那么高了？"

陆卓元不知该如何回答她。

林秋漪又说："卓元，快把小遇叫过来我看看……"

陆卓元让黑衣人压着陆城遇来到跟前，警告地望了他一眼，俯身耳语道："你妈现在精神不正常，你最好不要胡乱说话刺激她，到时候后悔的可是你！"

陆城遇也蹲了下来，一凑到林秋漪面前，眼眶中隐忍的水光再也不可抑制地往下掉。

林秋漪笑话他，声音里已经没剩多少力气。

"怎么哭了？你都这么大的人了，怎么还跟个小孩子似的……"她说完还问陆卓元，"我们小遇是不是在学校里受欺负了？"

陆卓元挨着陆城遇，装出父慈子孝的假象，安慰林秋漪说："没有，他就是看见你太高兴了。"

陆城遇一转头，正对上了陆卓元的眼睛，而叶悄也在他跟前。

就趁现在！

陆城遇控制了陆卓元的意识！

"让黑衣人全部离开，从仓库撤退。"陆城遇操控着陆卓元的思维，陆卓元开始按照他的潜意识行事，立即下达命令。

"老板，你这是为什么？"其中一个黑衣人问道，不明白陆卓元做法的用意。

陆卓元面部僵硬，木讷地说："你们只需要执行我的命令就够了，不需要揣度我的用意，放心，钱会按时打到你们的账上，一分也不会少。"

听他这么一说，所有黑衣人全部井然有序地驾车离开仓库。

"帮她们松绑。"陆城遇继续催眠陆卓元，保持着十二分的小心，神经高度紧张，像拉开弓的弦一样绷着，不敢出任何的差错，不敢有半点松懈。

陆卓元照做，如同机器般完成既定的指令。

叶悄双手松了绑，立即扶着林秋漪站起来，按照陆城遇所计划的，往仓库的大门外走。

由陆城遇继续稳住陆卓元，眼看着叶悄和林秋漪已经走到了门口，叶悄离他的距离已经过远，他无法控制陆卓元的意识，只得直接催眠，让陆卓元陷入昏睡。

但陆卓元自身的意念太过于强大，陆城遇为了催眠他，自己也被反噬掉不少精神力，额头上汗珠滚落，脚步几乎是虚浮地往外走。

叶悄担心地回头看陆城遇，却惊讶地发现，他身后原本应该已经被成功催眠的陆卓元缓缓睁开了眼睛。由于陆城遇自身的能量消耗过多，这一次，他催眠陆卓元的时间只有十秒钟。

"城遇……"叶悄双目不由自主地睁大，嘶哑的吼声颤抖地回荡在荒凉的仓库中，"快跑！"

她眼睁睁地看着陆卓元从口袋中摸出一盒火柴，脸上挂着决绝的恐怖的笑容，动手划亮那根火柴。

那一簇火苗，在空气中画出一条抛物线，瞬间点燃了周边浇灌了汽油的木材。

大火在骤然之间化作一条巨龙，张开了血盆大口，汹涌而来，仿佛要吞噬眼前的一切，也吞噬了叶悄的声音。

"城遇……"

02. 迟来的真相。

陆卓元小时候最讨厌的一篇文章，是家中长辈教他念的《荀子·劝学》："蓬生麻中，不扶而直。"

意思是蓬草生长在麻地里，不用扶持，也能挺立地生长。比喻好的环境，对人的影响重大。

他当时一直愤愤不平地觉得，这话大错特错，尤其是当他花上一个星期的时间，也设计不出一张建筑图的时候。

他出身于荣城第一大建筑世家，在这个家族中从小受到的熏陶比任何人都多。这个家族里的人，以设计出优秀的建筑作品为荣。

而陆卓元资质平庸，历来碌碌无为，尽管他待在这样的环境中长大，他依旧是那根挺不直腰的蓬草。

他恨这样的自己。

陆卓元读书时，听得最多的一个名字就是林秋漪。

她才华横溢，少年成名，她设计出的海边图书馆获得了国际大奖，她设计的报业大楼被多位业界前辈赞赏，她的名字如同一座不可跨越的巅峰……

大学时代，陆卓元开始追求林秋漪。为了巩固在陆家的长子地位，他不得不寻找一个有力的帮手。林秋漪果然没有让他失望，因为有她，陆卓元如愿以偿地坐上陆家当家人的位置。

但是很快他发现，有一位太过出色的妻子，也是一件十分痛苦的事情。

他会被拿来比较，他被外界嘲笑为"靠老婆吃饭的男人"。

林秋漪顶起陆氏的半边天，而陆卓元始终是她身边的一个陪衬。

陆卓元原本以为自己会这样过一辈子，但是事情的转机在那一年出现了——林秋漪接下了一个抗战纪念馆的设计项目。

那段时间，林秋漪日夜加班赶制设计图，基本每天都耗在工作室里。陆卓元前去探班送饭时，也被那些设计图纸惊艳到了。他忍不住自己偷偷临摹了几张。

夜晚和情人幽会时，他还在酒店里欣赏这些设计图纸。情人生气不已，嘲讽道："你有种就把这些变成你自己的啊！"

那只是一句脱口而出的话，却像重锤一样击打在陆卓元心上。他忽生歹念，为什么不能把这些变成自己的呢？只要把这些设计图冠上自己的姓名，那么他就能咸鱼翻身，得到那些艳羡已久的荣耀和掌声。

一个计划在陆卓元的心里慢慢生成。

他所做的第一步，就是扳倒林秋漪，把他头顶上的这座大山移平。他开始把抗战纪念馆的图纸泄露出去，并且利用当年自己资助过的一名来自美国弗吉尼亚大学的交换生月岛川菱的身份，联系《大娱乐报》的主编，一手策划抄袭的丑闻。

很快，事情如他预料中的方向发展。

林秋漪受到众人的摒弃和唾骂，承受着巨大的压力。

陆卓元暗暗在背后再推她一把，在她的饮食中下药，让她的精神更加萎靡和恍惚，心理防线彻底被压垮。

于是，林秋漪精神失常的消息又很快传出来。

再接下来，林秋漪由于精神失常而离家出走，失踪，跌入水中溺水而亡，一切都变得顺理成章起来。

陆卓元伪造完林秋漪的死亡现场之后，便把林秋漪转移到了南鼓区的那栋小别墅，开始了对她的囚禁。

他以陆城遇的安全，威胁林秋漪替他创作更多更优秀的设计作品，占为己有。

林秋漪是百年难遇的建筑师天才，她有无尽的潜力没有被开发出来。兴许她真的是注定为建筑而生的，陆卓元惊喜地发现，他能够从她的脑袋里压榨出源源不断的灵感。

陆卓元终于如愿以偿。

他迎娶了和林秋漪相貌相似的姜媛芝，伪装成爱妻的假象，又特意模仿林秋漪作品，外界渐渐传出他是为了纪念亡妻。慢慢地，世人对他作品中出现的林秋漪元素见怪不怪，根本不会想到他只是对林秋漪的设计稍加修改，就变成了自己的东西，但那些精髓还是林秋漪的想法。

陆卓元终于取代了林秋漪。

他不再活在妻子的光环下，他成了荣城最出色的建筑师。

他以为能够瞒天过海一辈子，但变故总在意想不到中发生，几年之后，他那长大成人的儿子在不知不觉中开始着手调查当年的案情。

陆城遇带着叶悄回家那晚，说他已经查出了一些线索，了解了部分真相。多年前的事情突然被翻出来，陆卓元开始心虚，坐立不安。于是他自乱阵脚，连夜在陆城遇的车上安装了一个微型窃听器。

却未想到第二天就被拆穿。

与此同时，还发生了一件令陆卓元烦心的事情：林秋漪的身体出了大问题，连续三天无法进食。

林秋漪虽然因为长年的囚禁和被迫服用药物，精神不稳定，但没有出现过这类问题。再这样下去，她可能会死。陆卓元不得不遵从医嘱，派人送林秋漪去医院进行全面检查。

这是陆卓元头一次放林秋漪离开南鼓区的那栋别墅，他万万想不到，仅仅是这一次，就让他的阴谋赤裸裸地暴露出来，被叶悄撞了个正着。然后，东窗事发。

唯有林秋漪叫他名字的那一瞬，他的心颤了一颤。

这些年里，他们之间横亘着深仇大恨，林秋漪清醒时，恨不得将他千刀万剐。她魔怔时，眼里自然也看不见他。陆卓元自认为对林秋漪毫无夫妻感情，但还是被她那一声"卓元"，牵动了心魂。

即便到了最后，他仍是不知悔改。他想要把一切付之一炬，变成荒凉的灰烬。

他一生无爱，戴着面具，演了半辈子的情圣，最终葬在大火里。

Section 22 一

一 陆城遇，我爱你。

01. 她把世间最烂俗的告白，说得最动人。

秋去冬来。

这一年，荣城落下第一场雪的那天，发生了一件轰动性的事件。曾经被这座城市的市民公认为最耻辱的抄袭事件，得到了彻底的澄清。陆氏集团召开的记者会现场，座无虚席，到场的各界人士挤满了厅堂。

一场迟到了多年的真相，被揭露在世人面前。

那个曾经被捧上神坛的天才建筑师林秋漪，跌入地狱之后，如今又重新站起来。只是她始终没有露面，这里的一切，她已经不再关心。

叶悄拿着保温杯，等在台下。

陆城遇一离开讲台，她就迎了上去，扶着他搭上自己的肩膀，拧开杯盖催他喝药。

"刚刚站了这么久没事吧？有没有哪里不舒服？"

陆城遇无奈地看着她，忍不住笑道："我有这么弱吗？"

叶悄把自己脖子上的黑色围巾取下来，一圈一圈地绕到他的脖子上，毫不留情地打击他："躺在病床上半个月下不了地的人，你说弱不弱？"

陆城遇在大火中受的伤不算重，只是由于叶悄是亲眼目睹了发生时的惨烈，所以一直心有余悸，迟迟安心不下。

林秋漪被两人接到了公寓里一起住，一边接受治疗，一边静养，这些天精神也稍微有了点好转，有时候能够认出陆城遇来。她依旧喜欢在纸上绘制一些东西，那仿佛是天性，长到骨血不可分割。多半时候，她一个人静静坐着，看院子的花木。

她已经太久没有接触过外面的世界，暂时还出不来，但这样安稳地过下去，总该有一天会痊愈。

最痛苦的时日已经过去。

往后还有漫漫的时光，足够他们在一起好好过。

从记者招待会现场出去，外面的天地一片银装素裹，大雪簌簌而下。陆城遇低头去看，身边人乌黑的头发上落了点点雪白。

他想起在镰仓时，她扬言要染跟他一模一样颜色的头发。

明明遍地都是黑头发的人，她却偏要说，她和他才是一样，徽墨似的黑，天生一对。

有时候想想，这姑娘的厚脸皮也是非一般人能比的。

可是他偏偏听起来，那么甜蜜，一直甜到心里。

陆城遇没有上车，蹲下来，对叶悄说："我背你回家吧。"

叶悄虽然想四肢离地，一把扑上去，可她没胆儿。

"我不敢，你身体还没恢复，万一被我压成了重伤，我到哪儿告状去？"

这时候，陆城遇在她心里俨然就是个一碰就碎的花瓶，光看看就很满意了。

叶悄死活不肯趴，但又不忍心看陆城遇一脸郁闷的神情，突然灵光乍现，这次换她蹲下来大喊："快来！快来！我背你！"

陆城遇顿时就被逗笑了。

这姑娘，真是越来越二了。

他把她从地上拉起来，手指一根根扣在一起。

"算了，我们还是一起走吧，这样比较靠谱。"

这叫执子之手，与子偕老。

他们走过长街，走过小巷，肩上一层白雪。

路过江边时，叶悄停下了脚步，朝着江面豪气冲天地大喊一声："啊——"

陆城遇安静地听着她发泄，也不出声打扰。他知道她这些天过得担惊受怕，心里的焦虑一直没有完全消散。

她需要一场宣泄。

行人纷纷侧目，打量着他们俩。

叶悄喊完，才后知后觉地担心起来，问陆城遇："我刚刚有没有很丢脸？"

陆城遇强忍着笑，连忙说："没有。"

叶悄长呼一口气，说："这我就放心了。"她说完，继续朝江面喊，"陆城遇，我爱你——"

陆城遇放在手心里把玩的一小截枯枝，顿时被折断。

叶悄嚣张地看着他笑，翘长的睫毛有晶莹的雪粒，冻得绯红的唇边呼出热气，她笑得一双眼睛弯起来，灿然如天幕上的新月。

她说，陆城遇，我爱你。

我爱你，不需要压抑。喊出来，就这样让全世界知道。

她把世间最烂俗的告白，说得最动人。

江面掠过低飞的白鸟，远处水天一色，好似相互连接。苍翠的山峦盖上一层薄薄的雪被，江心的小岛像画卷中的一点银灰。陆城遇忍不住低下头，揽着她靠在栏杆上，静静地亲吻，丝毫感觉不到冬天的冷意，心里一点点被这个人填满。

满得快要溢出来。

除了她，再也装不下任何东西。

02. 心之所向，如何放手？

叶悄和陆城遇一起前去方木深那里小坐，是在一周之后。

这时候，他已经更名换姓，变成了叶尚。在法律上恢复了本来的身份，名义上，也和夏家解除了血缘关系。

他这一场车祸，解决了诸多矛盾。

比如夏家和叶家和睦相处，不再争锋相对，他想跟哪一方姓都可以，只要他平平安安地活着；比如他不用再担心夏觉晴又跑去和哪个男人相亲了，女王大人现在天天围着他转，只要他平平安安地活着。

再比如，他选择在这个节骨眼上公开自己对夏觉晴的感情，即便夏家长辈一个个跌破了眼镜，也不敢对他怎么样，他只要捂着脑袋，往病床上一倒，所有人立即魂飞魄散，哪里还敢管他和谁在一起，只要他平平安安地活着。

这可谓是，一箭三雕。

叶悄听陆城遇说起这些，猜测着说："你千万别告诉我，出了这场车祸之后的好处这么多，所以这场车祸是故意的。"

陆城遇一脸"你答对了"的表情。

叶悄立刻拍了一掌桌子，站起来，前去郊外的房子里找方木深问个清楚。

陆城遇无奈地向方木深表示，自己只是不经意间说漏了嘴而已。

方木深感叹，交友不慎。

索性就承认了。

"车祸是我故意的，只是轻度擦伤。事发现场，是我派人伪造的。至于医院那边的医生……"方木深指了指陆城遇，"是他帮我收买的。还有 24 小时护工，也是他帮我请的……"

"说起来，他是我最大的帮凶。"方木深过河拆桥，把部分罪责转移到陆城遇身上。

陆城遇当即投降招供："我本来想要一开始就跟你坦白的，但是一直没有机会，后面发生了那么多事情，我哪里还记得这一桩啊……"

方木深拆台："姐，他就是在狡辩。"

叶悄吼他："你闭嘴，你没脸说别人。"

"你就不怕被别人发现吗？尤其是夏觉晴。"叶悄想一想，都觉得这件事不靠谱。

方木深说："她还有工作，当时也不可能 24 小时看着我。"

叶悄问："你有没有想过，一旦穿帮了要怎么办？"

方木深胸有成竹地一笑："你忘了吗，我可是导演。演技也不会差到哪里去。"

为了达到目的，他导演了一出戏，把能算计进去的人，都算计进去了。叶家父母、夏母、夏觉晴，还有他自己。

这才是真正的方木深。

他不可能任凭夏觉晴去相亲，和别的男人订婚、结婚，然后无动于衷，在背后默默祝福。他唯一能做的，就是掌握主动权，把夏觉晴绑到自己身边。

心之所向，如何放手？

他惦记了十几年的人，不可能拱手让给别的人娶走。

拍戏都是有风险的，更何况他真身上阵，那一出预计好的车祸也存在着很大的安全隐患，但他没有想过放弃。哪怕把自己的性命算计上，他也要让这一切顺着他的剧本演下去。

而事实证明，他的演出很成功。

他用生命和满腔爱意编织出了一个巨大的谎言，网住了夏觉晴的后半生。

03. "悄悄，你愿意嫁给我吗？"

第二天是个周末，下了一夜的雪，清晨才停。

叶悄一大早接到方木深的电话，让她过去喝茶。叶悄问："不是昨天才喝过的吗？"

方木深说："昨天晚上又收到了新寄过来的茶叶，味道更好，你一定喜欢。"

叶悄将信将疑。

旁边是空荡荡的，枕头上还往下陷了一个轮廓，陆城遇刚离开不久，说是今天有个认识很久的美国合作商飞来荣城，得出去一趟。伸手探过去，另外半边柔软的床铺上还留有他身体的余温。

　　叶悄鼓足了勇气出门，直奔向了郊外方木深的住所。她倒要看看，他打的是什么算盘。

　　院子里的门没关，推开进去，屋里屋外却没见到方木深的人影。只有满院子的红梅开得如火如荼，在冬日稀薄冷清的阳光下炽热地绽放。

　　"阿深——

　　"小尚——

　　"方木深——

　　"叶尚——"

　　各种称呼都叫了一遍，还是没有半点回应。叶悄开始怀疑，自己是不是被他给耍了。一路找过去，才发现与这栋房子相连的，除了前院，还有后院。

　　方木深的前院种梅，种各类花树。后院种翠竹，四时长茂，修长挺拔，有潇洒的风姿。

　　竹林中开辟了一条小道，铺着光滑圆润的石子，不知通向何处。叶悄从没见过后院的景致，沿着石子路走进去。

　　走了数百米之后，视线变得明亮而开阔。

　　叶悄看着眼前犹如魔法般出现了一栋精致的房子，巨大的占地面积，就像一座小小的庄园。唯一不完美的是，它还在施工，没有完全建造成功。几个工人正在和水泥，有的在忙着粉刷游泳池壁。

　　而本该在接待美国合作商的陆城遇，却出现在这里，戴着一顶橘黄的工人帽在和工人讨论着什么。

他抬头看见叶悄，两人四目相对，都是一脸讶异。

陆城遇霎时反应过来，自己估计又被方木深给坑了。

他准备这栋房子已经很久了，是预备用来跟叶悄求婚的。而方木深为了报复他昨天把车祸的事情说漏嘴，今天便直接给了他一个暴击，干脆捅破了他费尽心思给叶悄准备的惊喜。

一报还一报，他还真是一点亏都吃不了啊，睚眦必报，果然是方木深一贯的风格。

事已至此，陆城遇想，择日不如撞日，既然都看见了，就选在今天吧。

他掏出那枚一直贴身放在口袋里的戒指，朝叶悄走了过去。

他头上的工人帽还没有取下来，衣服上沾满灰尘，却有出众又非凡的气质，如同阳光下最挺拔的那根青竹。一切恰到好处，都是叶悄所喜欢的样子。

他踩着地上还未消融的积雪，发出嘎吱嘎吱的摩擦声。身后笼着淡淡的阳光和阴影，一步一步地走向她。

然后，缓缓地，单膝跪地。

"悄悄，你愿意嫁给我吗？"

在他身后，那是他想要送给她的家。

陆城遇这一生设计过许多所房子，连夜赶过很多张建筑图，图书馆、酒店、歌剧院，数不胜数。

到最后，多得连自己也记不清楚。

唯有眼前这个，灌注了他所有的感情和心血，是他这辈子最满意的作品，他设计出了一个家。

只属于他和叶悄。

"悄悄，你愿意嫁给我吗？"

"当然……愿意啊！"

——全文完——

番外一
出差这件小事儿

　　他们在那一年的隆冬结婚了。来年的春末，陆城遇因为工作关系，不得不回美国的纪秋建筑事务所本部去处理一些事情。

　　大约估计了一下时间，他这次至少要在那边待两个月。

　　这也就意味着，他即将和叶悄分开两个月。

　　别的都还好，陆城遇最担心的一个问题，是叶悄的睡眠。

　　其实这么久以来，叶悄失眠的症状已经在不知不觉中消失了，她能够睡得很安稳，即便在他没有对她进行催眠的情况下。

　　只是她自己好像不知道。

　　陆城遇收拾行李的时候，顺便整理了一下房间，再顺便把叶悄已经停用了很久的安眠药翻出来，换成了他事先准备好的钙片。至少两种药片从外表看上去，并没有什么差别。

"几点的飞机？"叶悄刚洗完澡，头发湿漉漉的，捧着一碗芒果丁从卧室外面窜进来，随手给陆城遇喂了一个。

"明天早上七点半。"陆城遇说。

叶悄打了个哈欠，感慨道："好早啊，你干吗这么拼命，之前我看你好像很闲的样子……"

"没办法，给人打工，总得卖命一点。"

"嗯？你给人打工？"叶悄疑问，他不就是纪秋最大的 BOSS 吗？

"是啊……"陆城遇停下手里的动作，好整以暇地看着她，"给老婆大人打工。"

叶悄愣，忽然想起两人订婚时，他就已经把纪秋的股份转让给她。随即反应过来后，她攀上他的脖子，重重亲了一口，再拍拍他的肩膀勉励他说："不错，小伙子，好好干，我看好你哦！"

她说完，迅速转身就出了房门。剩下陆城遇独自站在那里，脸颊上，肩窝里，还留着被她头发蹭过后的水迹。

有点痒。

她八成是故意的。陆城遇想。

陆城遇再查看了一遍冰箱里的食材，被塞得满满当当，也只够叶悄接下来过一个星期，之后还得靠她自己。这段时间，林秋漪被接去陆奶奶那里小住，请的家政阿姨也跟着一块去了，等陆城遇也走了，屋子里就只剩下叶悄一个人。

陆城遇再次回到卧室时，叶悄已经在清点他的行李，看有没有遗漏的东西。

两个人全部收拾好，躺在床上睡觉时，已经到了深夜。

灯光暗下来，对方的脸庞成了一个模糊又柔和的轮廓。叶悄睡得迷迷糊糊时，隐约听到陆城遇问自己："两个月不能见面，你会不会想我？"

她闭着眼睛，脑袋继续埋在他的肩窝里，丝毫不想动弹，呼出温热的气息："我们可以视频。"

陆城遇纠正她的想法："我到时候可能会很忙，做不到每天视频，而且我们之间会存在时差。"

叶悄顿时清醒了一些，费力地仰起头看陆城遇，眼皮撑开一条缝，有些呆地反问："你会想我吗？"

陆城遇在黑暗中点头。

"那……你别去美国了？"叶悄提议，说完又摇头否定，"不行不行，你不去怎么养家糊口？"

陆城遇再也忍不住笑，低低的声音如同海潮涌上沙滩寂静的回响，说出来的话却让叶悄恼羞成怒。

"是啊，你一顿吃三碗，一般人可养不活你。"

叶悄撞了他一下，又用被子蒙住头，嗓音里带上了无法抵御的困意，说："明天早上走的时候不准吵醒我。"

院子里的灯光像萤火虫一样微弱，浅浅地漫过窗台，朦朦胧胧地映在地板上。陆城遇听着她平缓的呼吸声，情不自禁，吻了吻她的脸颊。

这样平淡的日子才过了多少天，可就好像过了许多年，他想要一直这样下去，身边的温度让人心生眷恋。

生活细水长流，而他觉得，他好像喜欢这个叫悄悄的姑娘，已经喜欢了很久。

早上定好六点半的闹钟，响过一声后，就被陆城遇迅速按掉。

他掀开被子起床，换衣服的动作也很轻，小心翼翼地走出卧室。叶悄睡得很熟，半边脸埋在枕头里，他果然没有吵醒她。

陆城遇准备出发，才走到院里的冬青树旁，身后传来一阵踢踢踏踏的脚步声。回头看，就见叶悄趿拉了双棉布拖鞋，扶着门框，迷迷糊糊地站在门口，揉着眼睛问他："你这就走了啊？"

陆城遇返回去，牵着她往屋内走。

"我吵醒你了？"

"没，"叶悄说，跟着他的步子，"我自己忽然醒了，就出来看看。"

"今天周六，你再去睡会儿，我下了飞机给你打电话。"

陆城遇把人在卧室安顿好，第二次出门已经是十来分钟后，再开车去机场，差点误机。

叶悄的睡意早已经完全跑光，她又不听话地从床上爬起来，裹着毯子，坐在窗台上看陆城遇的背影渐渐消失在清晨稀薄的雾霭里，早春的空气中还有一丝未退的冷意。

她想起之前两人的对话，两个月不见面，会不会想我？

怎么可能不想？

从这一秒已经开始。

如果可以，真想变成他手里的行李箱，天涯海角，跟着他一起去。

陆城遇去美国之后，工作如预料中的繁忙，两人每天通话的时间一般控制在半小时以内，或许还要短一点。叶悄照旧遵循着自己的生活节奏，只有晚上的时候，那种强烈的不习惯的感觉会从心底冒出来。

在陆城遇走的第一天，叶悄失眠了。

就像一个戒烟已久的烟民，突然之间，恶疾复发。

她在房间最底下的抽屉里，翻到了安眠药瓶。也没管那么多，倒了两片出来，就着白开水咽下去。

好在那药仍然管用，她一觉睡到了天亮。

第二天陆城遇就在电话里问起："昨天睡得怎么样？"

叶悄说："挺好的。"

"有没有失眠？"

"没有啊，你就放心好了，我都这么大个人了。"叶悄面不改色地撒谎。

第二天、第三天……第十天……

一旦失眠，叶悄继续翻出药瓶。她之前依赖陆城遇，陆城遇走后，她依赖药物。仔细想想，她似乎是个很容易上瘾的人。

只是和陆城遇在一起后，所有的瘾源都来自于他。

她以前几乎不敢想象，习惯了一个人生活的自己，怎么会对世界上的另一个人抱有这样强烈的感情。期望、快乐、欢愉、失落、寂寞……大都与他相关。

终于不想再顾及时差，电话直接打了过去。

"悄悄？"陆城遇过了会儿才接通，说话带着点鼻音，应该是在睡觉。

"怎么不说话了？"他又问了一句。

"我是不是吵到你睡觉了？"

"没关系，我也才躺下来，睡得很浅。是不是有什么事要说？"

叶悄却像被突然静音了，她其实没什么要说的。今天外边出了太阳，午时风温暖，而他那边应该到了深夜。

陆城遇不知是睡着了，还是在等她说话。

叶悄半晌才憋出几个字："陆城遇，我很想你……"

"这边的工作进度加快了，用不了两个月就能回来。"这次陆城遇接话接得很快，"你每天要按时睡觉，保证睡眠时间，如果睡不着可以打电话给我。"他说完了，又补充一句，"什么时候都可以。"

其实进度加快，不过是熬夜把时间拼凑出来而已，为了早点完工回国。

这两个月的时间，实在太过漫长。

而对他来说，叶悄那句话，杀伤力太大。

陆城遇究竟是哪一天回来的，提前了多少天回来的，叶悄已经记不清了。只是印象中有那样一个夜晚，她在实验室里加了很久的班，出门时外面下起了大雨，回到家全身已经被淋湿。

她洗了个热水澡，一个人窝在沙发里看书，发现面前的茶几下面有一叠图纸，是陆城遇随手搁在那里的。她忍不住拿出来翻了翻，上面几张都是有关商务楼的设计，之后翻到后面，图像全部变成了一个短发齐肩的女孩。

他竟然偷偷画她。

一个人真心喜欢一个人，是处处有迹可循的。那些线条勾勒的轮廓里，她的样子，那样鲜活明媚。

连叶悄自己也忍不住得意地想，他一定非常、非常爱她。

她带着这种得意的心情睡着，难得没有想要去找安眠药。窗外的雨声越来越大，玻璃上布满雨痕，夜晚安静如广袤的深海。她在睡梦中翻了个身，好像听到有人在叫她的名字："悄悄……"声音里有些疲倦和风尘仆仆的感觉。

在不那么明亮的天光里，她睁开眼睛，不太确定地问："城遇？"

下一秒，她陷入一个冷清的怀抱里，仿佛还带着太平洋微咸的海风的味道。

番外二
—晴方觉夏深

夏觉晴俯首在桌案上，思绪放空，没有半点心情工作。这样反常，太不像她了。

一旦闭上眼睛，方木深倒在血泊里的情景就会在脑海里冒出来，不断地重现。医生说，他能不能醒过来，还是个未知数。

未知数？

即不确定因素。

夏觉晴不是很能够接受他们给出的这个答复，但是她别无他法。就算她可以毒舌地把那些人骂得狗血淋头，方木深还是不会睁开眼睛。

她想起以前，跟她拌嘴最多的那个人，就是方木深。

她其实不愿意跟他吵架，伤人伤己，每次闹翻以后总会深深地懊恼和后悔，但往往下一次，继续口不择言，互不相让。

他就像是她的克星。

桌上的手机响起来，是一个陌生的电话号码。对方说了两句之后，夏觉晴穿着高跟鞋健步如飞地往医院赶。因为电话里的护士对她说，你弟弟醒了。

一路飙车过去，赶到病房门口时，却心生怯弱。

夏觉晴透过一方小小的玻璃，见到方木深穿着一身雪白的病服，靠坐在床上，他望着外面从窗户口探进来的绿树枝桠，不知道在想些什么。

刻意放重的脚步声，提醒他有人进来了。

方木深如她的意愿回过头来，只是说出口的第一句话却十分讽刺，他问她："怎么一个人过来的？你未婚夫呢？"

夏觉晴一时还没反应过来——未婚夫？

方木深出车祸那天，她原本是要去订婚的。所以他醒来后，认为她已经和别人定下了一生。

只是方木深不知道，她早已经取消了那场联姻。

到了嘴边的解释，却说不出口。的确，又还有什么好说的，本来就是她率先选择了放手。

尴尬的场面，被随后拥进来的夏、叶两家父母冲散，病房里不一会儿就挤满了人，夏觉晴站到了人群的外围。

她看着方木深被两家的父母嘘寒问暖，刚刚进来的时候发现，医院门口还守着不少影迷和小粉丝，手里举着横幅，祈祷他早日康复。

方木深现在最不缺人关心。

再跟主治医生确认一遍他身体没有太大的问题之后，夏觉晴一个人默默走出了医院。

只是她没想到，第二天再次接到了医院护士的电话。说是方木深不肯配合后续治疗，连吃饭喝药也不肯配合，现在没人敢进去惹他。

于是找来夏觉晴求救。

踏入病房的第一脚，夏觉晴踩到一地的碎瓷片和水迹，差点滑到。几支娇艳欲滴的玫瑰横尸在墙角，还有垃圾桶里的饭盒，完完整整，看得出没有动一口。

房间里充斥着一股低气压。

"方木深你多大了？你这样闹不嫌丢人？"夏觉晴几乎是和颜悦色地把这句话说出口，她再三警告自己，他是病人，不能冲他发脾气，不能够让他情绪激动牵扯到头部的伤口，那样会得不偿失。

结果方木深只是意味不明地望了她一眼。

他的眼神又冷又凌厉，像寒冬里冰凌结成的刀子，锋利地朝她刺过来。

"我没胃口，不想吃东西。全身都疼，所以忍不住砸东西。"他竟然在向她解释。

夏觉晴的脸色也缓了缓："你身体还没完全康复，不吃东西营养跟不上……"观察他的神情，似乎没有很反感，于是继续说下去，"多少得吃一点。"

夏觉晴端起小桌上唯一幸免于难的一小碗粥，吹凉了，送他嘴边。

这回方木深倒是不挑了，矜贵地张开嘴巴，前所未有的配合。不知不觉中，夏觉晴就喂完了一碗。

"昨天为什么一声不吭就走了？"方木深咽下最后一口。

耗到现在，夏觉晴才弄明白他为什么生闷气，真是像个小孩子一样。

"我当时跟医生确定过你已经没什么事了，而且我看爸妈都在……"

"爸妈都在你就可以走了？"方木深明显仗着自己是个伤患，开始得寸进尺，"昨天的问题你还没回答我，你的未婚夫呢，哪里去了？"

夏觉晴神情隐忍。

方木深还在继续说："既然你们订了婚，我好歹也算是他半个弟弟了，我出车祸住院，他不应该来探望探望？

"还是说你们感情也不怎么样？"

"方木深！"

对于夏觉晴来说，能忍到现在已经很不错了。手里的钱包往门上一甩，发出一声巨响，她奈何不了方木深，但是她可以躲。

方木深又一次成功地把人气走了。

于是乎，这间 VIP 病房里，每天上演的循环闹剧就是，方大导演发脾气摔东西，不肯吃饭，护士打电话叫夏觉晴，夏觉晴过来喂饭，喂完饭再被方木深气走。

连刚进医院实习的小护士们都在议论着："大导演果然很难搞定啊……"

方木深阴晴不定的性格，在这次车祸中发挥到了极致。他随心所欲地变脸，上一秒笑脸相迎，下一秒就能把人气得灵魂出窍。

惹来夏觉晴彻底爆发那次，是因为他贸然出院，没有通知任何人。夏觉晴踏入那间病房，发现里面空空如也时，护士告诉她，这间房的病人已经不顾医生阻拦，自行出院了。

夏觉晴打电话问父母，他们也没有一点消息。

她慌了手脚，一路开车找人，找到方木深在郊外的那所房子。钥匙就藏在院里的一块砖头下，只是开门以后，里面依旧是空荡荡的，没有方木深的影子。

他似乎一声不响地，人间蒸发了。

夏觉晴意识到这点，心都凉了下来。她站在种满花草的庭院里，脚边有枯萎的矮草，只因一段时间没人打理，就显得荒芜萧条起来。冬雪簌簌而下，她手脚冰冷，忽然不知道接下来该去哪里。

他要是不回来了，她该怎么办？

一瞬间产生了这样的念头。

"觉晴？"

身后有人叫她，方木深穿着睡衣从屋内出来，显然是刚睡醒的模样。夏觉晴的手顿时攥紧了自己的衣角，压抑的情绪让她的手背青筋毕现。

　　她深深地吸了一口气，然后朝方木深走过去。

　　"你不是一直想知道我未婚夫为什么没有出现吗，"她的声音出奇的冷静，"我没有未婚夫，我退婚了。"

　　方木深纵是知道前因后果，这会儿亲耳听到她说出来，一颗心还是不由得提起来。

　　夏觉晴看着他的眼睛，一字一顿地说："因为……我怀孕了。方木深，我怀了你的孩子，你还要继续这样跟我闹下去吗？"

　　方木深心里"咯噔"一下，输得一塌糊涂。

　　他再也不敢傲娇了。

图书在版编目（CIP）数据

悄悄 / 晏生著. -- 贵阳 : 贵州人民出版社,
2016.9（2020.1重印）
　ISBN 978-7-221-13558-2

　Ⅰ.①悄… Ⅱ.①晏… Ⅲ.①长篇小说 – 中国 – 当代
Ⅳ.①I247.5

中国版本图书馆CIP数据核字(2016)第229728号

悄悄

晏生 著

出版统筹	陈继光
选题策划	大鱼文化
责任编辑	潘　浩　梁　丹
流程编辑	潘　媛
特约编辑	曾雪玲　菜秧子
装帧设计	刘　艳　昆　词
特约绘制	猫　矮
出版发行	贵州人民出版社（贵阳市观山湖区会展东路SOHO办公区A座 邮编：550081）
印　　刷	三河市华东印刷有限公司
开　　本	880×1230毫米　1/32
字　　数	190千字
印　　张	9
版　　次	2016年12月第1版
印　　次	2016年12月第1次印刷 2020年1月第2次印刷
书　　号	ISBN 978-7-221-13558-2
定　　价	39.80元